D1707299

Escombros de realidad

Roberto García

LIBROS DEL AUTOR

©Cosas mías... quizás tuyas.
©Taxi libre, taxi ocupado.
©Cosas que olvidé decirte...
©Conversaciones con la muerte... Y otros relatos.
©Reflexiones encadenadas.

©NIEVE, La Cebra sin rayas (Cuento Infantil)
©El ratón Ramón (Cuento Infantil)
©El pirata trabalenguas (Cuento Infantil)
©Little Wolf no tiene hambre (Cuento Infantil)
©La escoba mágica (Cuento Infantil)
©BOOKY, el devorador de cuentos (Cuento Infantil

Búscame en FACEBOOK.

Twitter: @robertogarciaca

Dedicatoria

Dedicado a Ana, mi compañera y cómplice.

Mi apoyo, mi refugio y mi inspiración.

A mis hijas, Xiomara y Shaiel.

A Izan, mi pequeño dragón.

A mi familia, por creer siempre en mí.

A mis amigos, esos incondicionales.

De forma especial se lo dedico a todas esas personas que en algún momento de su vida, han sido desafortunados protagonistas de historias similares a estas.

A todas las víctimas de la violencia indiscriminada.

INTRODUCCIÓN

Historias desgarradoras que ocurren en cada momento a nuestro alrededor. Nadie queda exento de esas realidades, ni siquiera usted, estimado lector, ya que de una u otra forma nos muestran el lado salvaje de la vida y nos hace en ocasiones, muy pocas ocasiones; crecer como personas. Por otra parte claro está, nos hunden en el abismo más aterrador e inimaginable del ser humano. Escombros de realidad, es un escueto reflejo de la sociedad actual que nos acerca un poco más, a las historias que se encuentran escondidas detrás de cada noticia, de las cuales unos pocos afortunados nos mantenemos todavía y de momento como simples observadores. Pero, ¿cuánto tiempo ha de pasar, para dejar de ser espectadores y transformarnos en protagonistas de estas historias? Ser feliz en un mundo de realidad subjetiva es duro; más aún contemplando como su garra cruel golpea sin piedad a diestro y siniestro, haciéndonos sentir completamente desprotegidos y solos; con el único pensamiento de que ojalá y no nos toque a nosotros.

El texto atribuido a Bertolt Brecht, lo escribió originalmente un pastor luterano alemán, llamado Martin Niemöller (1892–1984), es parte de un sermón dado por él en la Semana Santa de 1946 y dice así: *"Cuando los nazis vinieron a buscar a los comunistas, guardé silencio, porque yo no era comunista. Cuando encarcelaron a los socialdemócratas, guardé silencio, porque yo no era socialdemócrata. Cuando vinieron a buscar a los sindicalistas, no protesté, porque yo no era sindicalista. Cuando vinieron a buscar a los judíos, no protesté, porque yo no era judío. Cuando vinieron a buscarme, no había nadie más que pudiera protestar".*

Creo de que de alguna manera, nos toca mover ficha. Mediante estas historias, os invito a reflexionar y analizar lo lejos o cerca que estamos de formar parte del elenco protagonista, y pasar a vivir en primera persona lo que ahora contemplamos ajenos a nuestras realidades. Hay que tener en cuenta que la vida es cíclica y que todo, absolutamente todo, terminará formando parte de los escombros si mantenemos la pasiva actitud de hoy en día. El amor, la muerte, la violencia y la esperanza entran en un espectacular juego, macabro por la lucha de sobrevivir del individuo, en una sociedad cada vez más abstracta. Ahora, sentado en el metro, mientras escribo estos pensamientos miro las caras de sus ocupantes y me pregunto, ¿Cuál de ellos es un protagonista? Todos cargamos nuestra piedra de molino sobre nuestros hombros, pero tenemos la suerte por lo menos en mi caso, de quedarme como mucho y de momento – cruzo los dedos – con un humilde papel secundario. Sumarse a la lucha para dejar a las próximas generaciones algo más que un mundo destartalado, obcecado por la tecnología y la continua pérdida de humanidad, carente de toda brizna de responsabilidad. No es mi intención frivolizar con estas historias, lo que deseo es que usted estimado lector, saque sus propias conclusiones y valore la posibilidad – la cual nunca es remota – de que en un segundo, de la noche a la mañana una de estas historias podría convertirse en la suya. No olvidéis que todos y cada uno de nosotros, como individuos y como sociedad, sobrevivimos a pecho descubierto. Una simple cuestión de justicia poética.

Roberto García.

ROBERTO GARCÍA
Y SU ACRISOLAMIENTO DE TINTA EN ORO...
EN SU OBRA, ESCOMBROS DE REALIDAD.
(PRÓLOGO)

Pocas experiencias son tan formidables como las de cabalgar un équido que se hace una explosión de alas en la sin igual vivencia de escribir, despegarse las pupilas y curiosear siguiendo el instinto del reloj hasta el alma secreta de las madrugadas. Imagínese entonces usar las navajas de la ventana para recortarle un trapecio al pecho en la oscurana hasta ver el amanecer o, incluso, separar el largo cabello de la cortina y ver el rostro impasible y la desnudez de una mujer en la cascada. Decir demasiado está demás; ése es el majestuoso trabajo que Roberto García nos muestra en su nueva obra, dada a luz en Madrid, ESCOMBROS DE REALIDAD.

Y hablamos de amanecer pero, cuando lo hacemos, evitamos hacerlo de manera fortuita, porque Roberto García en sólo ocho tiempos bebidos por los minutos del cósmico sueño de su pluma mágica y dickeniana, nos lo hace vivir hasta cuatro veces en los relatos Amanecer del I al IV. Nos lleva a sentir al viernes eternamente haciendo maletas, saliendo y entrando por la puerta del espejo del armario de Carlos García, personaje que junto a Leticia, los señores Martínez, Anabel, Diego, Gema; se convierte en un vigoroso artilugio del autor para ensamblar mil veces al ser humano y llenar con él el vacío corporal de que tanto habló el filósofo griego Demócrito, alejándolo de las cosas fatuas y materiales, trabajo que realiza magistralmente con un aire justamente parecido al que logró abrigar el escritor dominicano Don Pedro Troncoso Sánchez en sus BOSQUEJOS FILOSÓFICOS o el predecesor y padre de éste –escritor dominicano también del siglo antepasado- Don Manuel de Jesús Troncoso. Basta leernos NARRACIONES DOMINICANAS y sumergirse en ESCOMBROS DE REALIDAD para saber que como estos dos genios dominicanos, existe en Europa, enhebrando huellas de sueños por las calles de Madrid, otro gran creador, haciéndonos vivir, en carne no platónica, el Efecto Pigmalión del ingenio derramado en la cantera del hacer eterno y único del hombre cosmos, del hombre tierra, del hombre Sabaoth hecho cruz, del hombre hecho esperanza, tal y como nos lo recuerda nuestro espléndido clímax auroral en las reflexiones que hace en el penúltimo relato de su amanecer y despertar de dioses permutados en bolígrafos, en peldaños, en nariz y huesos de pirámides, en la estatua carnal que florece en una esquina o va sobre el vagón del tren sin tocar el costado del exterior. Ya dijo un conocido artista y poeta cubano que "El agua hirviente en puchero suelta un ánima que sube a disolverse en la nube que luego será aguacero" y el escritor Roberto García Cabrera ha vivido –se aprecia- y nos hace vivir su sueño jamás timorato y sí consistente, convincente y humanamente explosivo contra cualquier maqueta de injusticia social – o acto antónimo a la convivencia del ser- bajo su lluvia de relatos.

Relatar es enamorar, sorprender, colocar desde tras la espalda las palmas al atardecer y ver las manos de las nubes desleírse por ante los ojos del sol jamás tímido aunque con olor a cartas de garzas por los aires y a silbido pausado y dorado de poniente. Evite dudarlo porque Roberto García logra aún más de ahí, mucho más que eso, en esta creación cuyos únicos gemelos panoramas pudieran aparecer en las propias obras que su eneasiana unción de estos tiempos nos regaló en TAXI LIBRE, TAXI OCUPADO o en COSAS MÍAS... QUIZÁS TUYAS. Pero hay que decir, además, que ESCOMBROS DE REALIDAD, de Roberto García Cabrera, amasa un contenido diferente GOD´S DEBRIS: A THOUGHT EXPERIMENT (LOS ESCOMBROS DE DIOS: UN EXPERIMENTO MENTAL), de Scott Adams, el conocido humorista de Windham, New York, Estados Unidos y autor de la tira cómica humorista DILBERT o ESCOMBROS DE LA MEMORIA, de Roberto Carro Fernández. La diferencia está en – aparte del contenido-, la visión de esta obra genial, la que el autor nos hace vivir caminando un sueño continuo y, hasta interrumpido, en ciertas ocasiones, por la sorpresa y el despertar del ímpetu y las trágicas vivencias convertidas en alimento para superar nuestras ganas de llegar a un norte diferente desde nuestra propia entrega y fomento y laboratorio de esas ideas que a diario nos interpelan; nos llaman a la creación, la acción y vida del contexto y connotación de quienes nos rodean.

El mismo Adams dijo en una ocasión que “Nada define mejor a los seres humanos que están dispuestos a hacer cosas irracionales en la búsqueda de beneficios fenomenales poco probables” – y que- “Este es el principio detrás de las loterías, encuentros, y la religión”. Lo que corroboró con que “la persona que se permite cometer errores, se la llama creativa... Y a la que sabe con qué errores quedarse, se la llama artista”. Si ése, como lo es, encaja en el conjunto de principios del hacer del literato, entonces podríamos decir que nuestro escritor ha sabido trillar el camino correcto, escogiendo, jamás los atajos y rutas fáciles, mas sí el sendero para enseñarnos a lidiar con esos momentos en los que desfallecemos mirando que, aunque por momentos todo parecería estarse derrumbando a nuestro alrededor, la verdad es que ese gimnasio de la naturaleza humana; biológica; material; psicológica, está haciendo algo más que enseñarnos a crecer humana y espiritualmente, si a lo espiritual pudiera llamársele “entregarse al servicio de la vida convertida en veces en escasez, tristeza, dolor, incluso sofisma creado por el poder del hombre sobre el hombre” y clamar por el bien.

Toma el lugar apropiado, elígelo tú mismo, escógelo tú misma: el asiento del tren, el sillón sobre el vuelo del autobús, la silla que las raíces esculpen a los pies del tronco del árbol, la almohada de la hierba, el banco junto al jardín de flores o el parque repleto de risas de niños... porque vas a disfrutar de una obra inmediatamente mágica e inmensamente realista pero, además de realista, curiosamente cautivadora hacia una conquista del sentimiento jamás concebido ni palpado. Al concluirla, inspirarás más luz porque, en el trayecto, habrás dado, después de la noche, con un nuevo astro tejido desde el hilo de la explosión y el eterno beso de la plata.

Dr. MANUEL ANTONIO MEJÍA.

AMANECER (1)

El caso sobre su mesa de un atropello lo devolvió a aquellos años que se perdían en el tiempo. Esos años que recordaba cada noche, cada nuevo día que comenzaba. Aunque la parte final de su incansable carrera llegaba a su fin, este caso se transformó, irremediablemente, en un asunto personal. Le quedaba poco más de un año para jubilarse, pero seguía trabajando como el primer día. Su aspecto sombrío y malhumorado, sus canas y sus entradas hacían su rostro aún más duro; nadie le había visto sonreír desde que llegó a este departamento. Hay quien decía que era su forma de ser las veinticuatro horas del día; otros aseguraban que era solo una fachada, pero no tenía amigos que corroborasen alguna de esas afirmaciones. Simplemente tenía pinta absoluta de ser un grandísimo hijo de perra. Muchas cosas contribuían a esa percepción. Estricto en su trabajo, riguroso en los detalles y sí, como Pigmalión, perfeccionista escrupuloso aún a sabiendas de que el resto de sus compañeros se conformaba con hacer su trabajo sobre llano. Él, siempre iba más allá. Su carrera ha sido impecable desde su inicio y no iba a ser menos ahora que se acercaba su final.

Hace años era un hombre feliz, un hombre que dedicaba una sonrisa cada vez que salía el sol a todo aquel con el que se cruzara. La sonrisa era un virus que se contagiaba y a él no le importaba ser portador de dicho virus. Se sentía verdaderamente afortunado por tener todo aquello por lo que tanto luchó.

Siempre quiso ser policía, desde que su memoria recuerda, no hacía otra cosa que jugar a policías, hablar como policía. Fueron años muy duros, pero lo consiguió. Su felicidad era completa gracias a su mujer Leticia, su hijo Juan de tres años y el trabajo de sus sueños. En la semana del cumpleaños de su hijo le habían ascendido a subdirector del departamento de homicidios. Sus sueños estaban al alcance de su mano. Gozaba de una vida perfecta, idílica en todos sus matices; hasta que una llamada truncó todos los sueños realizados y todos los planes de futuro para que aquellos sueños, se convirtieran en una pesadilla.

– ¿Carlos García? –preguntó una voz desconocida del otro lado del teléfono.

–Sí, soy yo.

–Sr. García, le llamo del Hospital Regional. Es en referencia a su mujer y a su hijo.

– ¿Qué ha pasado?

–Han sufrido un accidente. Le ruego que por favor se acerque lo antes posible.

No preguntó nada más, no había tiempo para preguntas inútiles; sabía que debía personarse en el hospital cuanto antes, pero su cuerpo se movía a cámara lenta. Muy despacio colgó el teléfono y empezó a cerrar de forma ordenada las carpetas que tenía encima de la mesa. Dejó el informe que cerraba el caso del hombre ahorcado, al que le había dedicado casi seis meses, convencido de que había una explicación para que decidiera quitarse la vida ahorcándose en la habitación de su hija pequeña. Y claro que la había. Parecía tener un sexto sentido para estas cosas. Como siempre, conseguía llevar el caso hasta límites que sus compañeros jamás habrían cruzado, por pereza o por actitud... Salió de la comisaría y subió a su coche rápidamente. El inspector jefe había salido a una reunión de coordinación ante la llegada al país de un cártel de la droga, así que decidió llamarle más tarde. Con apenas tráfico en la carretera, estaría en el hospital en unos diez minutos más o menos. El cielo se tornaba color plomizo augurando tormenta, y el olor de un camión de cerdos que llevaba delante empezó a impregnar el interior de su coche. Ni siquiera el ambientador a manzana daba muestra de presencia. Minutos después llegó al hospital y el coche mantenía el olor porcino, como si el cerdo estuviera durmiendo en el maletero. Instintivamente se llevó la manga de la camisa a la nariz, descubriendo que el olor impregnaba la tela, pero que afortunadamente, se disipaba mientras cruzaba las puertas de entrada. Y empezó a llover.

Una vez allí, recorrió rápidamente el pasillo que llevaba a la zona de Urgencias y una vez en el mostrador de información, preguntó por su esposa Leticia y su hijo Juan. Se mantuvo sereno mientras se le informó de lo ocurrido, su mujer presentaba un politraumatismo severo y su estado era muy grave; la estaban preparando para entrar en quirófano cuando falleció. El amor de su vida, se fue en el mismo momento en que él pronunciaba su nombre en el mostrador de información. No llegó a despedirse de ella, esa mañana salió muy temprano y continuaba dormida, no quiso darle un beso para no despertarla. Sintió como todo a su alrededor se desmoronaba y sus piernas se negaban a sostenerle; cayó de rodillas mientras personas a su lado miraban atónitos sin saber qué hacer, y el personal sanitario del centro le levantaba cogiéndolo por los hombros y le subía a una silla de ruedas. Toda su vida destruida de un solo golpe, en un solo segundo. Tenía un trabajo que le permitía proteger a las personas y él no pudo hacer nada para proteger a su familia. Era un tipo delgado, fibroso, con un metabolismo envidiable ya que le costaba ganar peso y lo perdía con asombrosa facilidad. Apenas dormía, le obligaban a comer y aun así, su aspecto se acercaba más al de un cadáver en vida. De forma vertiginosa, empezó a cambiarle el rostro. La barba de varios días empezaba a otorgarle un aspecto de vagabundo y pronto empezó a notarse la pérdida de peso. El pequeño Juan se debatía entre la vida y la muerte. Permanecía con él a todas horas; le hablaba, le besaba, pero no había signos que pudieran reflejar la más mínima expresividad por parte de la criatura. Recordó con vaguedad lo difícil que fue traerlo al mundo. Un milagro, decía su esposa. La vida se lo estaba arrebatando con una facilidad pasmosa y no sabía qué hacer para evitarlo.

Ser hijo único le había marcado de tal manera, que bajo ninguna circunstancia quería ser padre de una sola criatura. Él y su reciente esposa se aventuraban a soñar con el número de hijos. Él decía que tres o cuatro sería el número ideal. Su esposa, entre risas, le decía que estaba de acuerdo siempre y cuando él pudiera parir por lo menos uno. Pero las cosas no siempre acaban como las hemos planeado.

Primero las complicaciones del embarazo, que hicieron guardar reposo casi absoluto a su mujer por alto riesgo de aborto. Las idas y venidas al hospital con cada sangrado. Después, lo enrevesado del parto; el pequeño Juan venía de nalgas y con el cordón umbilical rodeando su cuello. Parece una cruel broma del destino que, desde el primer momento, su único hijo tendría que luchar para sobrevivir. Su pequeño cuerpo no pudo hacer frente a las múltiples lesiones ocasionadas por el accidente, que le empujaban sin piedad hacia el abismo de la muerte. Cinco días después el pequeño Juan, cerca de cumplir los cuatro años, fallecía.

Junto a él, se encontraban familiares, amigos y compañeros del departamento de policía. Desde el día del accidente hasta la muerte de su hijo, en su cabeza no había absolutamente nada, salvo recuerdos. Preciosos recuerdos de su esposa y su hijo, recuerdos de su familia perfecta ahora ausente. Recuerdos que, a través de los años, serán su única compañía. Tras el doloroso entierro, la misión de llegar hasta el final con esta investigación se convirtió en su obsesión, de tal modo que su superior le apartó del caso y le sugirió que se tomara un descanso y que regresara cuando se encontrara en las mejores condiciones. Solo conocía las causas del accidente, pero sin haber profundizado en ellas. "Un conductor borracho perdió el control de su vehículo, saliéndose de la carretera y empotrándose a gran velocidad contra la parada del autobús escolar, atropellando a todas las personas que allí se encontraban. El trágico balance fue de tres muertos y ocho heridos, de los cuales dos se encuentran en estado grave y su pronóstico es reservado. El conductor ha dado positivo en el control de alcoholemia y ha sido conducido a dependencias policiales tras recibir el alta médica por diversas contusiones tras el accidente". Un pensamiento brilló en su mente, un dato que se usaba habitualmente en estos casos y que casi siempre, era el primer dato con el que trabajaba la brigada de homicidios en estos casos: imprudencia. El homicidio imprudente deja un porcentaje sorprendentemente proporcional a la premeditación, la alevosía y los recientes y cada vez más habituales ajustes de cuentas. Antes de la celebración del juicio y conocerse públicamente la sentencia, el inspector García sabía ya el veredicto. Su confirmación solo avivó más las llamas de la indignación. Se declaró culpable al acusado de homicidio imprudente y otros cargos menores y fue condenado a quince años de cárcel. Desde la segunda fila, miraba incrédulo a un joven de dieciocho años, delgado y con media melena bien peinada, que lo único que dijo en todo el juicio fue que no recordaba nada. La cicatriz que presentaba debajo de la oreja izquierda le recordaría siempre lo que había sucedido. Como si leyese el pensamiento de García, intentó camuflarla dejando caer un gordo mechón de la melena sobre ella.

Cerró los ojos. Con un grito gutural se abalanzó sobre él, cayéndole con las manos enredadas en su cuello. Los guardias que le custodiaban intentaban separarles, pero la rabia de una bestia desconocida se había apoderado de él y no era capaz de detenerse. El juez gritaba desde su posición y la gente que acudía al juicio gritaba. Unos le animaban "¡Mátalo!", mientras otros solo gritaban por impotencia. Algunos intentaban acercarse, más que para ayudar a separarlos, a impedir que los guardias que custodiaban al joven pudieran defenderlo ante el voraz ataque de la ira. García pegaba una y otra vez la cabeza del asesino de su familia contra el suelo, hasta que éste empezó a teñirse con sangre. Apretó con más fuerza y dio un último golpe, sintiendo como la vida de aquel asesino se marchaba lentamente.

Abrió los ojos y se miró las manos y notó que le temblaban, cerró los ojos un momento y respiró hondo. Escuchó un grito en su interior, pero supo reprimirlo y encerrarlo en lo más recóndito de sus entrañas. Abrió los ojos y volvió a mirarle, justo cuando se volvía a colocar aquel mechón rebelde para ocultar su cicatriz. Una vez acabado el juicio, se dio cuenta de que en todo el proceso aquel joven no pidió perdón por su crimen, ni a las víctimas ni a sus familias. Lo que más le enfureció no fue el revuelo mediático que se había levantado por la detención y posterior juicio de este muchacho; era la continua descarga de soberbia, vanidad y desdén que tuvo que contenerse para no saltar de su asiento y retorcerle el cuello. Sentía cómo una voz en su interior le susurraba, le invitaba a salir a la calle y esperar cerca de la puerta de salida, pistola en mano, para hacer justicia como realmente debía hacerse.

La bestia en su interior luchaba por salir y hacer frente a aquello que él se negaba a realizar. La sentencia de los quince años enfureció a todos los presentes, pero como luego le transmitió el abogado de la acusación particular; "creo que la sentencia está bastante bien si consideramos los atenuantes que en este caso muestran una gran relevancia; es decir, que es hijo del ministro de Defensa y tratarse de un accidente. Un lamentable accidente, pero así son las cosas. Caso cerrado, García, caso cerrado". Lo pensó de los abogados puestos para ese juicio como lo había pensado de otros muchos a los que veía colarse entre los grandes agujeros que presentaba la justicia; y la clara distinción que se hacía siempre entre ciudadanos de primera y de segunda clase.

La resignación y la rabia desplazaban el dolor cada amanecer en que revivía la realidad de haber perdido a su familia. Mientras, se recordaba a sí mismo quien era y lo que representaba, para evitar tomarse la justicia por su mano. Así día tras día, años tras año, hasta que la bestia en su interior dejó de presionar, pero nunca le abandonó. Le susurraba y le atormentaba en las noches frías, cuando la lluvia marcaba el sonido de una marcha en su ventana. La marcha de ir tras el asesino y ajustar cuentas. La bestia esperaba agazapada su momento, mientras envenenaba cada amanecer su existencia. Su tormento le había cambiado por completo por dentro y por fuera, su cara reflejaba la ira y el dolor que le provocaba todo aquello que estuviera fuera de su casa; aunque era consciente de que su mujer no se lo perdonaría, dejó de sonreír. Empezó a considerar absurdo la idea de sonreír sin motivo. Hay quien se jactaba de proclamar que hay que sonreír por la simple razón de estar vivo. ¡Que le jodan al puto mundo! decía para sí cuando se acordaba de tan absurda sugerencia. También había adelgazado de manera preocupante, de estar un poco por encima de los ochenta y cinco kilos, a pesar poco más de sesenta. Tuvo que renovar todo su vestuario y pese a la pérdida de peso, su estado de salud se mantenía en perfecto estado, ya que ocupaba todo el tiempo libre en salir a correr o caminar. No ocultó a nadie su enfado al enterarse que el asesino de su familia, solo había cumplido ocho años, de aquellos indignantes quince. Pese a lo que creía de niño y luego le costaba asimilar como adulto; la justicia seguía siendo distinta para algunas personas. Los años pasaban acotados a aquel fragmento de ciudad en el que todo le recordaba su gran y trágica pérdida. Como única compañía, su dolor y el asecho de la bestia arañándole las entrañas cada amanecer. Inmediatamente se dio cuenta de que allí ya no tenía nada que hacer y pidió el traslado a la capital; sí, a esa gran ciudad que tanto odiaba y que nunca pensó en pisar salvo un caso de extrema necesidad. Este lo era y exigía de él un enorme esfuerzo al enfrentarse a la soledad en una ciudad que apenas se preocupa por el prójimo más cercano. El traslado no le llegó hasta cinco años después. Su carácter nómada facilitó mucho su integración en la gran metrópoli, y el trabajo abundante le mantenía ocupado mientras el tiempo avanzaba sin que apenas se percatase de ello.

Los nubarrones se aglomeraban para preparar una buena tarde de lluvia y de paso, sembrar el caos entre los conductores que, incomprensiblemente se vuelven más torpes al volante. Se vistió con resignación y toda la paciencia que albergaba en esos momentos, el aviso le llegó no muy lejos de la escena del crimen y aún así, había tardado más de veinte minutos en llegar, los atascos de la capital era algo a lo que no se iba a acostumbrar. Llegó a esa conclusión al tercer año y, “¡Joder García, hace quince años que llegaste aquí!”, se dijo para sí en medio del atasco, inamovible incluso para el sonido de la sirena. La lluvia lo hacía mucho más tedioso. El viento empezaba a soplar con fuerza y la lluvia creaba por momentos una especie de manto que impedía ver más allá de una docena de metros. Diana Krall amenizaba los desplazamientos hacia los escenarios que exigían su presencia, descubrió que un poco de Jazz suave le mantenía sereno en los atascos de la ciudad y podía concentrarse después sin haber recibido la información tergiversada de las cadenas de noticias. Y éste no era una excepción. Las luces de los coches patrulla y las ambulancias le señalaban el camino. La calle estaba cortada y no le sorprendió que la gente empezara a congregarse, puesto que una noticia de asesinato en pleno Barrio de Salamanca invitaba a especular en gran manera. Recordó las palabras del director del departamento de homicidios cuando llegó; "es una ciudad llena de sorpresas, puedes encontrarte una cada día". Los homicidios registrados en años, señalaban a las zonas de la periferia y algunas zonas conflictivas del centro, pero nunca aquí; la milla de oro se teñía de sangre una fría tarde de invierno. Empezaban a llegar reporteros de diferentes medios de comunicación ataviados con chubasqueros y cámara en mano, para ofrecer carne fresca a la morbosa audiencia. Le parecía increíble la cantidad de gente allí presente, con el día de perros que hacía y en horas que lo que más apetecía era estar en casa tumbado en el sofá. Pero dedujo que sería gratificante dar la noticia de primera mano a los vecinos y con ello ser el protagonista de tan trágico suceso. Una gran ciudad, pero en muchos aspectos era igual que su capital de provincia.

Bajó la ventanilla para identificarse y una racha de viento cargada de agua fría le dio de lleno en la cara. Sintió cómo le recorría un leve escalofrío desde los pies, pasando por la espalda hasta compungir en su rostro un gesto de hastío. Avanzó unos metros y aparcó detrás de una de las ambulancias. La lluvia le golpeó con fuerza y se metió a toda prisa en el portal. Se sacudió los zapatos y caminó despacio por el largo pasillo hasta el ascensor.

El agente Alberto Pérez se encargaba de recopilar información sin dejar un cabo sin atar. Sabía que a García le gustaba la meticulosidad más que cualquier cosa. Ya era suficiente cargar con su propia celebridad dentro del departamento, como para permitirse que su jefe le tildase de inepto. El agente Pérez se había ganado el apodo de "el chino", y no precisamente por su baja estatura ni sus ojos achinados, sino por haber sido sorprendido masturbándose en los vestuarios. De ahí la mofa de que se "pajeaba más que un chino". Por suerte para él, a García parecía caerle bien, o algo así. La verdad es que en su trabajo el agente Pérez era metódico y ampliamente pulcro; se tomaba muy en serio sus funciones. Otra cosa era su vida privada y sus desequilibrios hormonales. Ya en la escena del crimen hubo algún que otro inadecuado y malintencionado comentario respecto al suceso del vestuario, Por suerte no se alargó mucho el chascarrillo que habían montado; en la puerta apareció una figura que hizo que todos guardaran silencio. Al entrar en la casa nadie se le acercó para ponerle al corriente sobre lo sucedido, era algo que detestaba y con los años, sus subordinados habían aprendido a tratarle y a respetar sus métodos. Se quedó de pié detrás del gran sofá que dividía el salón, la imagen era grotesca y nauseabunda, había sangre por todas partes. La alfombra, una de estas hechas a mano en Marrakech o Túnez, había perdido la gracia original y la sangre mezcló los vívidos colores que la hacían una pieza interesante. Huellas de pisadas de sangre que iban desde el salón a la cocina, sangre encima de uno de los sillones, huellas ensangrentadas que se pierden por el pasillo, mientras él, como siempre, permanecía imperturbable. Cuadros de arte africano de diferentes dimensiones decoraban las paredes blancas a su derecha. Una gran librería se extendía del suelo al techo en la pared que tenía al frente, con dos pequeños focos de luz en los extremos, justo por encima de los sillones, para facilitar la lectura. Recorrió con la mirada el amplio salón y cerró los ojos unos segundos.

Recordó algunas palabras sueltas sobre escenarios similares en los seminarios de homicidios a los que asistía al poco de ascender a la brigada de homicidios. No le había tocado uno como aquel, pero había escuchado con atención, como otros compañeros contaban casos similares. Abrió los ojos, analizó el escenario y le llamó la atención lo atípico que era todo. Mujer de unos cuarenta años, sobre un gran charco de sangre y con evidentes signos de agresión sexual, parte de su ropa interior seguía entrelazada en su muslo izquierdo. A unos pocos pasos de ella se encontraba el cuerpo de un hombre de similar edad, presentando diversas heridas de arma blanca en su pecho. Le llamó la atención el que la segunda víctima, llevaba los pantalones desabrochados, miró hacia la puerta de entrada, con la extraña sensación de que dejaba algo tras de sí. Se sacó un cigarrillo y sin encenderlo, lo puso entre sus labios como era costumbre; con un gesto dio pie a que el agente Pérez, que se mantenía a una distancia prudencial y en silencio le acercara el informe.

–Buenas tardes, inspector.

–No parecen tan buenas –dijo con sequedad al tiempo que apartaba el cigarrillo sin encender–. ¿Sabéis ya la identidad?

–Sí señor, aquí tiene. –El agente Pérez le entregó una carpeta y se puso a su izquierda, guardando silencio. Llevaba cuatro años al lado del inspector y aprendió rápidamente como debía trabajar a su lado: en absoluto silencio.

Colocó de nuevo el cigarrillo entre sus labios y miró con detenimiento la pequeña carpeta; no pudo disimular su sorpresa. El cigarrillo estuvo a punto de caérsele de los labios; lo aplastó con los dedos y lo metió en el bolsillo de su abrigo. El agente Pérez se percató de ello, pero guardar silencio era su mejor jugada. En la carpeta colgaban de un clip los documentos identificativos de los dos cuerpos yacentes entre un mar de sangre y, por un momento, pensó que se trataría de un error. Miró y volvió a mirar. No podía creer lo que estaba viendo.

– ¿Estás seguro que estos documentos pertenecen a las víctimas? –preguntó sin salir de aquel increíble estado de asombro.

–Sí señor, lo hemos comprobado. A nosotros también nos sorprendió saber de quién se trataba. – El agente Pérez se percató de que algo ocurría, el tono del inspector, había cambiado de forma extraña.

Era él, sin duda. "El mundo es un pañuelo –dijo para sí–, un jodido pañuelo lleno de mocos". Le reconoció cuando le vio por televisión en el entierro de su padre, en aquel entonces vicepresidente segundo del gobierno, y ahora le tenía delante. Hay que ver las vueltas que da la vida; cómo te recoge en algunos casos con alas de arcángel y cómo en otros te deja bañado en asqueroso lodo. En este caso, bañado en sangre. "Espero que hayas sufrido maldito cabrón hijo de puta y que te pudras en el infierno", pensó, y en lo más hondo de su ser brotaba la paz, y en su cara se dibujó lo que para muchos sería una simple mueca; para él, el final de una pesadilla. Era él. Aun así, pidió al policía forense que le girara la cabeza para ver su perfil izquierdo. ¡Allí estaba! La inconfundible cicatriz se mostraba intacta. La cicatriz que le acompañaría desde aquel accidente.

– ¿Y el chico? –preguntó al tiempo que devolvía la carpeta. Pérez estaba presto a recibirla.

–Está en la habitación. Fue él quien llamó a la policía confesando haber matado a su padre, después que este violara y asesinara a su madre. Le encontramos en el sillón con la mirada perdida. En estado de shock.

–Bien –hizo una pausa para asimilar esa información. Miró los cuerpos una vez más y se adentró en el pasillo–Yo me encargo del chico.

Caminaba despacio, se hacía mayor y precisamente hoy se sentía demasiado mayor. Aunque casi con los sesenta recién cumplidos, se sentía con fuerzas y, paradójicamente, éstas le abandonan hoy, al mismo tiempo que el lastre que arrastraba durante todos estos años.

–Hay que tener mucho valor para hacer lo que has hecho –fue lo primero que dijo tan pronto cruzó la puerta de la habitación del chico. Haciendo un pequeño gesto, el policía que cuidaba del muchacho salió inmediatamente–. Tranquilo, hijo. Ya ha pasado y yo estoy aquí para ayudarte. Has defendido a tu madre, yo en tu lugar habría hecho lo mismo.

El chico guardaba silencio, sentado en la cama con las piernas cruzadas, le miró al entrar y volvió los ojos otra vez a la ventana donde las gotas de lluvia impactaban sin piedad; para perderse en su reflejo. Quizás preguntándose a quién pertenecía esa imagen. La lluvia golpeaba el cristal, y fuera todo estaba bañado por la oscuridad. Se sentó en el extremo opuesto de la cama y observó con detenimiento la habitación donde se encontraba. Pósters de aviones de combate, trofeos de un deporte poco habitual en los chicos, voleibol. A decir verdad, un deporte poco habitual en un país donde toda la atención se la llevaba el fútbol. Le empezó a caer bien aquel chico que pasaba del fútbol como él. Un póster gigante de *Alien* se dejaba ver en la parte interna de la puerta de la gran habitación, ocupaba casi toda la superficie de la puerta. Sobre el escritorio donde descansaba el ordenador, todo un ejemplo de orden y meticulosidad para un chico de trece años. En la pared contigua al monitor, un mural con múltiples fotos, la gran mayoría del equipo de voleibol. Vestía el chándal azul marino del instituto y la sangre reseca empezaba a tomar ese color óxido. Charlaron un buen rato, el chico le comentó lo ocurrido y él escuchó en silencio. Pensó en decirle que su padre había asesinado a un grupo de personas, entre ellas, su familia; pero creyó que lo más oportuno en aquel momento era guardar silencio. Algún día se enteraría, el tiempo es un juez implacable. A García le caía bien aquel chico, empezaba a sentir un poco de empatía por él, tanto, que le hizo compañía hasta que vino la asistenta social para llevarlo a un centro especial de menores. Era una chica bajita, de veintipocos años, a la que el pelo recogido le favorecía bastante. Vestía de manera informal, lo cual hacía que el chaval la mirara con más atención. Miró al chico con nostalgia mientras salía en compañía de la asistenta social y dos policías. Esa nostalgia le provocó un vacío en su interior, el vacío de no haber tenido la oportunidad de ver crecer a su hijo. Quién sabe, a lo mejor le habría gustado el voleibol. No tuvo prisa en salir de la habitación, su mirada divagó por cada rincón y cuando llenó su cabeza de cuantas reflexiones podía, se dirigió con paso lento hacia el salón.

–Bien caballeros, quiero ver esos informes impolutos en mi mesa mañana a primera hora. –Miró por última vez los cuerpos sin expresión alguna en su rostro–. Buenas noches.

Una vez cruzó el umbral, se oyó la voz del graciosillo de turno: "Eh, Pérez, ¿quieres una foto de este culo para tu sesión de esta noche?". No sabía identificar la sensación que le recorría el cuerpo en ese momento pero, fuera lo que fuese, le produjo una sonrisa de satisfacción una vez subió al coche, aunque luchó para no dar paso a las lágrimas. Después de tantos años, de tanto dolor, todo había terminado. Se lamentó de que la justicia funcionara tan mal y dejara libre a aquel hombre que años más tarde asesinaría a su esposa. Otra víctima más del deficiente sistema judicial. Meses después se preparaba para asistir a un juicio muy peculiar, y así terminar sus días con tranquilidad.

"Justicia poética –le decía a su imagen en el espejo, mientras se colocaba la corbata, aquella que le había regalado su mujer por su primer ascenso. En sus ojos apareció la melancolía, los cerró y repitió– Justicia poética."

ATARDECER

Una mujer no puede, ni debe amar demasiado. Un pensamiento acertado en estos momentos, un hecho que no fui capaz de llevar a cabo...

Le conocí el primer día que empezó a trabajar en mi empresa, la European Financial Group. Le había visto en dos ocasiones previas por el protocolo de las entrevistas. Teresa, mi compañera y amiga desde hacía más de nueve años, decía que si de ella dependiese, ya le habría contratado. "Un tío así, para que se dé paseítos por la oficina y nos alegre la vista..., no como los dinosaurios que no hacen más que babear cuando te ven". Hay que ver cuánta razón tenía. Lejos de arquetipos machistas, la empresa intentaba dar un giro y comportarse como requerían las circunstancias, como una empresa del nuevo milenio. Pero era solo eso, un intento. La realidad se tornaba de forma drástica en cuanto a las mujeres que trabajábamos allí; no solo por el hecho de que no había ninguna mujer en un puesto directivo, sino también la obligatoriedad de que todo el personal femenino llevase falda, con un pequeño detalle añadido: la falda siempre por encima de la rodilla. Como decía Teresa: "Para alimentar las fantasías de estos vejestorios y olvidar a las brujas de su mujeres". Para cuando terminó su segunda entrevista, los comentarios en las altas cumbres de la empresa –entre ellos, mi jefe–, le habían catalogado como "un prodigio de las finanzas". Según los expertos en la materia, pese a su juventud, estaba preparado para hacer frente a los grandes retos que pretendía emprender la empresa a corto y medio plazo.

Aprovechando su talento, subir un peldaño más en la eterna y encarnizada lucha con las demás empresas del sector financiero. Ese día se le veía contento y no era para menos, había empezado a formar parte de una de las empresas financieras más grandes del mundo. Todo un reto. Sin embargo, la otra cara de la moneda, era yo. Disponía de la mejor cualificación y experiencia para el puesto que quedó vacante hacía cinco meses, cuando se jubiló en Sr. Antanares, quien meses antes de retirarse a su idílico pueblo en Gijón, presentó cartas a la junta directiva catalogándome como la más idónea para el puesto. Había sido su asistente desde que entré de becaria hacía ya siete años y, me enseñó todo cuanto quiso. Por desgracia, una mujer no puede tener grandes aspiraciones en esta empresa.

–Tienes una suerte increíble –me dijo Teresa.

– ¿Por? –respondí sin enterarme de nada.

– ¿No lo sabes? –preguntó con su habitual cara de sorpresa para luego cambiarla por la de complicidad, mientras yo esperaba con paciencia la noticia pasándome el lápiz entre los dedos. Bajando el tono se acercó un poco más, al tiempo que sus ojos escudriñaban cada rincón de la oficina–... Le han dado el despacho que tienes al lado. ¡Y sin secretaria!

– ¿A quién? –pregunté.

– ¿A quién va a ser? –Me miraba con incredulidad ante mi escasa velocidad mental para enlazar los cotilleos–. ¡Despierta!... ¡Al nuevo! Le han dado ese despacho y ya sé su nombre –hizo una pausa para subir la emoción del momento–: Alejandro.

–Bonito nombre –me limité a contestar.

–Un nombre poderoso. ¡Ven e invádeme, oh Alejandro!

–Espero que no lo digas delante de Jaime. Además, soy asistente financiera, no secretaria – maticé.

Ambas reímos unos minutos, pues ese día había muy poco trabajo pendiente. Además, se acercaban las fiestas de Semana Santa y todo el mundo estaba más pendiente de largarse de la ciudad que de todo lo demás. Yo también, para qué mentir. La diferencia estaba en que no tenía dónde ir. Me quedaría con toda probabilidad en casa. Aunque me apetecía perderme unos días por la montaña, no había planeado nada todavía; ni siquiera busqué información al respecto. Una llamada de mi jefe me devolvió a mis labores y Teresa se retiró a su mesa. Alfonso Collado se lo monta a todo lujo, había pegado la espantada el viernes pasado después de la reunión y aprovechando que su hijo está estudiando en Alemania, se iba con su mujer a recorrer media Europa. Llamaba desde Rumanía, y mi mente le dibujó haciéndose un "selfie" delante de un lúgubre castillo mientras sacaba a relucir sus colmillos. Me pedía que me hiciera cargo de las necesidades laborales del Sr. Martínez, que se incorporaba hoy a nuestra gran familia. "Alejandro Martínez", pensé, y la imagen de mi compañera con los pulgares hacia arriba me vino a la mente. Tras colgar, mi mente echó fuera a Teresa y su baile triunfal y empecé a buscar el lugar idóneo para estas mini vacaciones. Un lugar que me haga renacer de mis cenizas cual ave fénix. Mis padres sugirieron la posibilidad de irme con ellos, pero lo descarté esperando encontrar algo. Aunque dejé la puerta abierta. Nunca se sabe. Más que un pueblo pequeño, es una aldea perdida entre los montes de Ourense, y ya se sabe cuál es el deporte olímpico en esos lugares: hablar de la vida de los demás. No me apetecía escuchar los comentarios de las abuelas del lugar. "¿Todavía soltera?, se te va a pasar el arroz hija", y cosas de esas. Pero no se puede negar que es también un lugar con un encanto especial. Se respira mucha tranquilidad, y desconectar del barullo de la ciudad allí se hace de forma espectacular, tanto de día como de noche. El río pasa a unos treinta metros de mi habitación y me arrulla y calma por las noches. Por el día, los interminables paseos por las verdes laderas y respirar aire puro son la mejor forma de eliminar el estrés. Eso además de que no hay cobertura, así que la tecnología allí no tiene sentido. Seguía inmersa en mis cosas y en parte acabando el trabajo para ese día y salir a tomar un café con Teresa para desconectar, cuando una voz suave se coló en mis oídos como el susurro de las olas.

–Buenos días –dijo.

–Buenos días –respondí a toda prisa al encontrar frente a mí a un par de ojazos verdes clavados en mí, aunque la primera impresión que tuve fue que miraba mi escote. Si en verdad lo miraba, a él no le importó que le pillara haciéndolo, pues su cara mostraba satisfacción por la instantánea. Su mirada me descolocó de inmediato y por instinto, torpemente empecé a buscar algo que pudiese distraer mi repentino nerviosismo al querer disimular un poco mi escote. Otra vez vino la imagen de Teresa, ajustándose los pechos y diciéndome, "que le vas a hacer, la que tiene; tiene".
–. ¿En qué puedo ayudarle? –pude articular palabra procurando que mi voz no sonara quebrada por la situación.

–Me llamo Alejandro Martínez y soy nuevo aquí. Me habían dicho en Recursos Humanos que usted se encargaría de todo lo que necesite.

–Así es, Sr. Martínez; por favor, acompáñeme. –Me levanté torpemente, pero enseguida pude ejercer el control sobre mi cuerpo y me encaminé hacia su nuevo despacho.

Caminaba junto a mí, con paso seguro y firme. Emanaba un aura de prepotencia y orgullo, tan embaucadora como su fragancia. Estaba claro que sabía lo que quería en cada momento y eso lo hacía bastante interesante. Recuerdo mi primer día en la empresa. Estaba hecha un manojo de nervios y recuerdo que tan siquiera probé bocado alguno ese día, por miedo a que los nervios que tenía agarrotados en el estómago me liaran una buena. También en eso hay una gran diferencia entre nosotros, yo entré como becaria y él lo ha hecho por la puerta grande. La seguridad le salía por cada poro de la piel; pude percibirla, al igual que el delicioso olor que desprendía, un olor que me hacía divagar más de lo que debería en estos momentos. Siempre he querido a un hombre en mi vida que estuviera seguro de todo en cada paso y me hiciera sentir segura. "Invádeme oh, Alejandro", ay Teresa, pensé. No sé por qué, me acordé en ese momento de uno de mis novios formales, de hecho, el más formal que tuve. Alberto, incapaz de tomar una simple decisión como "pescado o carne, hamburguesa o pizza". Vaya desperdicio de tiempo. Debí darme cuenta antes pero, como siempre y muy a mi pesar, reacciono tarde. La verdad sea dicha: Alberto era un indeciso, pero lo arreglaba con otras facetas, de las cuales yo me sentí muy atraída desde el principio. Era muy manitas y eso me recordaba mucho a mi padre. También me hacía reír y le costaba una barbaridad enfadarse. Otra cosa era la transformación que tenía en la cama. No es que fuera muy innovador, pero era toda una máquina del sexo y me hacía disfrutar de lo lindo. A quien le importa la innovación si tienes más de media docena de orgasmos en una noche. No pude evitar que una leve sonrisa apareciese en mi cara al recordarlo, y sentí cómo mi cara se sonrojaba al traer de vuelta aquellos eróticos recuerdos. Me pregunté cómo sería el Sr. Martínez en la cama... Abrí la puerta de su despacho y le invite a entrar, agachando un poco la cabeza para ocultar el color de mis mejillas.

–Mi nombre es Marta Vidal. Soy la asistente personal del Sr. Collado, y estaré temporalmente a su disposición siempre y cuando no esté ocupada con el Sr. Collado.

–Entiendo, es normal –decía mientras se sentaba en su sillón y lo giraba hacia la ventana–. Soy el último en llegar y tengo que demostrar que merezco una asistente para mí solo. He venido a esta empresa para trazar una línea hasta la cúspide, y eso haré. – Cruzó las piernas y su imagen reflejada en el cristal, aunque distorsionada, denotaba total insolencia a la educación.

En ese momento me pareció pedante, y todo lo que había visto anteriormente se desvaneció como lo hace la noche al salir el sol. El reflejo de su figura en el cristal era bastante nítido y rápidamente hice un repaso de esos que solo las mujeres sabemos hacer. Su rostro era terso, recién afeitado y el pelo en una media melena estaba muy bien cuidado. Tengo amigos con menos pelo que él, y necesitan un tratamiento exhaustivo. No tardó en darse la vuelta, como si quisiera ofrecerme una panorámica en exclusiva. Llevaba un traje gris oscuro, hecho a medida seguramente, sobre una camisa blanca y una corbata de color grana. Un tipo que si lo ves por la calle, no pasa desapercibido. Por el contrario, su mirada soberbia y sus aires de grandeza me hacían sentir verdaderamente incómoda. Me miraba con desdén, haciéndome sentir inferior, algo que en todos estos años no había conseguido ningún viejo verde de esta empresa.

–Si no necesita nada más, estaré en mi mesa. –Agarré el pomo de la puerta con la intención de salir de allí y dejarle que se regodease en su vanidad.

–Una cosa más, señorita Vidal... –puso los codos sobre la mesa, entrecruzó los dedos y me miró fijamente–. Tengo una reunión muy importante el viernes y necesito que me acompañe.

–Bien, avisaré al Sr. Collado que el viernes por la mañana estaré con usted.

–No, señorita Vidal. –Se levantó despacio y con aire despreocupado matizó–: Es el viernes por la tarde.

–La política de la empresa es de no convocar reuniones por las tardes, y menos los viernes. –respondí.

–Entiendo y respeto la política de la empresa, pero se trata de una reunión muy importante para la empresa y por supuesto, para mí. –Otra vez reflejaba esos aires de grandeza que me revolvían las tripas.

–Se lo comunicaré al Sr. Collado y...

–No se preocupe por eso –me interrumpió–; he hablado ya con el Sr. Collado y me ha dicho que no habría ningún problema en que me asista ese día.

Vi como se regocijaba en sus adentros ante el tanto que me había marcado y no tuve más remedio que agachar las orejas y esconder los dientes. Esta vez me habían vencido y era lo normal; en este juego soy solamente un simple peón al servicio de la empresa. Aunque ello implique trabajar un viernes hasta tarde, y más un viernes vísperas de Semana Santa. "Ya le habías podido caer a Angelines", pensé. Seguro que a ella no le habría importado mucho, es una lagarta de mucho cuidado y se lanza al cuello de todo aquel que sea referencia de un buen partido; aunque no la soporten más de dos meses. De todos los asistentes de Gestión e Inversiones soy la más cualificada para ocupar el sillón de Agustín Antanares, pero soy una mujer y eso aquí, es un muro muy alto. La rabia me quemaba por dentro y notaba el nudo en el estómago que me oprimía. Aun así, saqué el coraje suficiente para dirigirme a él una vez más. Hay ocasiones en que vencer, es solo cuestión de paciencia.

– ¿Alguna cosa más? –en ese momento no me importó en absoluto si mi tono reflejaba la clara molestia que sentía, por el hecho de asistir a una reunión fuera de mis horarios habituales.

–Nada más de momento; empezaremos a preparar el material para esa reunión mañana por la mañana. Gracias.

Cerré la puerta despacio, conteniendo las ganas de dar un portazo al mismo tiempo que para mis adentros, profería los más insólitos insultos. Muchos de ellos no habían tenido tiempo de instalarse en mi vocabulario. Era pedante, soez, mezquino y con una gran dosis de soberbia. Estaba claro que se lo tenía muy creído. En su caso era normal ya que, siendo tan joven, se lo disputaban las grandes empresas del sector. De momento, el portento fichaje de la empresa me había amargado lo que queda de día, y el resto de la semana. Llevo tres días sumergida en balances activos y pronósticos de evolución a corto plazo y sin darme cuenta, ya es viernes y tengo cara de lunes. La gran mayoría empezaba a marchar pronto y a disfrutar de las vacaciones de Semana Santa desde el mediodía. Tonta de mí por no haber dicho que ya tenía planes reservados cuando me lo preguntó el Sr. Collado en la reunión de la semana pasada. Debí coger los días de adecuación, pero ya es tarde para lamentarse.

– Bueno, guapa, que lo pases bien –le decía a Teresa mientras terminaba de recopilar todos los documentos que mi nuevo e inoportuno jefe me había solicitado–. Da un beso a Jaime y a los peques.

– ¿Todavía trabajando? ¿No te libras? – Se acercó a mi mesa al tiempo que se colgaba el bolso.

–No, esta vez no. –Y puse mi habitual cara de asco, arrugando los labios y entrecerrando los ojos.

–Vaya fastidio –acompañó mi gesto con uno parecido, para luego brindarme una de sus peculiares sonrisas–. De todas formas sabes dónde estamos. Si te apetece pasar unos días con nosotros, no lo dudes; ya sabes, para desconectar. El mar se traga las penas.

–Gracias, lo tendré en cuenta. Pero preferiría que el mar se tragara al causante de mis penas. Para variar. - Ambas sonreímos.-

–Salgo pitando que voy a por los niños al colegio y espero a Jaime en casa. A ver si no pillamos mucho atasco y llegamos antes del anochecer. –A varios pasos de mi mesa se dio la vuelta–. No te quedes en casa.

–No lo haré –respondí soltando un ligero suspiro.

–Es una orden. ¡Prométélo!

–Lo prometo. – Y levanté mi mano derecha para hacerlo más solemne.

Para cuando terminó la hora de la comida quedaba menos personal y aquello poco a poco empezaba a parecer un desierto lleno de mesas sin alma; a decir verdad, aun habiendo personas nunca tenía alma. Me convencía a mí misma para no desesperar. El horario de salida los viernes estaba estipulado a las cinco de la tarde, pero si no gastabas la hora de comida y trabajabas, podías irte antes. Miro el reloj: las cuatro y media y yo sigo metida entre papeles.

– ¿Está todo preparado?

Levanté la cabeza y le vi asomando medio cuerpo por la puerta de su despacho. Sin corbata, la camisa remangada hasta los codos y una sonrisa que hasta ahora no había descubierto en él. Aun así, le odiaba por tenerme secuestrada allí entre montañas de papeles. Pero no podía negar que esa visión me había provocado un ligero vuelco en el corazón. Es guapo y está buenísimo, las cosas como son.

–Sí, ya está todo listo –respondí.

–Muy bien, salimos en cinco minutos.

Desapareció con una agilidad pasmosa, y en unos minutos estaba frente a mí con la corbata y la chaqueta en la mano. Luego la dobló y la puso encima de una de las cajas que nos llevaríamos a la reunión; yo llevé la más pequeña. Bajamos al aparcamiento sin mediar palabra. Se había pasado toda la mañana y parte de la tarde pegado al teléfono. Estaba claro que no había nada más en su cabeza que la dichosa reunión y que saltarse las normas de la empresa, y al mismo tiempo fastidiarme a mí. Aunque eso era totalmente superfluo. Sólo importaban él y su gran proyecto para la empresa. En el garaje se iluminaron las luces de un Mercedes Benz blanco, deportivo pero muy sofisticado, metió la caja con todo el trabajo que habíamos preparado y con grandes y graciosas zancadas se plantó delante mío para abrirme la puerta. Una galantería barata, pero que no dejó de sorprenderme. Una vez en el coche, me sorprendió al pedirme disculpas por tener una reunión fuera de los horarios establecidos, y pensé que al final no era tan frío como parecía. El motor del coche rugió y salimos del sombrío sótano a la cálida luz del sol. Teníamos que cruzar la ciudad y un viernes por la tarde hay atascos en todas las calles; pero él parecía saberlo y no se agobiaba. Mientras conducía, me explicaba cómo había concertado esa reunión con una sociedad de empresas, una de las más importantes del país, y sobre algunos temas a tratar en ella. De ahí mi "inestimable presencia" según sus palabras. Mi carrera de Administración de Empresas y un máster en Instituciones y Mercados Financieros no me llevaron tan lejos como creía. Por desgracia, en la sociedad actual, una mujer no parece tener el aspecto de lobo depredador que las grandes empresas buscan, así que lo mejor que pude encontrar, donde mi trabajo se viera, aunque solo fuera un poco, era en esta súper empresa dirigida exclusivamente por hombres. Desde que se jubiló mi anterior jefe, he estado bajo el mando del Sr. Collado, uno de los más grandes cerebros financieros de la empresa, por no decir del país, y eso para mí era estar en una buena posición. Al llegar el señorito pedante se esfumaron todas mis esperanzas de que algún día dejaran a una mujer tomar un cargo superior. Y conseguir el puesto que quedaba libre era una de mis expectativas.

No era de sorprender que le pusieran bajo su tutela, y menos aún que le asistiera yo, ya que así se garantizaban que, por muy genio que fuese, mantuviera las normas y el prestigio de la empresa por encima de todo. Por encima de él. Me pareció fascinante la seguridad y serenidad de la que era portador. No había empezado la reunión y daba la impresión de que les tendría a todos comiendo de su mano. Iba a ser cierto lo que se decía de él, que en esto de las finanzas era todo un prodigio. Aun así, seguía atravesado en mi estomago y mi alter ego me repetía constantemente que yo era tan buena como él.

–Y tú, Marta, ¿no cuentas nada? –dijo de repente, dejándome en fuera de juego, totalmente acorralada y muda. Lo único que me llegó a la cabeza eran las palabras constantes de Teresa, "reacciona más rápido chica"–. Eres de pocas palabras, según parece –dijo tras unos segundos y con una sonrisa dibujada en su cara.

–Sí, suelo hablar poco – fue mi escueta respuesta.

–Entiendo... De todas formas –hizo una pequeña pausa y me miró de soslayo–, siento haberte traído casi a rastras un día que seguramente habías reservado para tus cosas, pero cuando pedí lo que necesitaba para esta reunión, Collado no dudó cuando pronunció tu nombre. Me dijo que eres un as en Finanzas y Mercados. Con todo, y aunque sea tu jefe, espero que lleguemos a ser buenos amigos. Que formemos un equipo ganador que revolucione esta empresa.

Asentí con la cabeza levemente y me perdí segundos después en mis pensamientos mirando fijamente a la carretera, salíamos de la ciudad y yo deseaba bajar cuanto antes del coche. Él respetó mi silencio, cosa que agradecí. He tardado muchos años en dirigirme al Sr. Collado con cierto nivel de confianza. Puede que Teresa tenga razón y mi timidez sea la causa de que no vean en mí a ese lobo depredador que andan buscando. Hablar con moderada confianza con mi nuevo jefe me rompía los esquemas. El hecho de que me lo recordara me ponía furiosa. “Mi jefe es el Sr. Collado. Tú solo eres un niño mimado al que tengo que hacer de canguro”, pensé para mis adentros.

Llegamos al sitio en cuestión y me apresuré a bajar del coche en cuanto éste se detuvo; soy una loba, no necesito que nadie me dé mimitos. El sol empezaba a flaquear y una leve brisa sustituía el lánguido calor que a esas horas proporcionaba mi astro favorito. Algunas nubes empezaban a formarse, como anunciando tormenta y mi resignación crecía a la misma velocidad que ellas. No sé exactamente donde estamos, es una especia de ciudad financiera o polígono empresarial. El edificio al que nos dirigimos es alto, de unas catorce o quince plantas, una jaula de cristal como casi todos. Una vez leí un artículo en una revista, que hablaba del peligro que representaban los edificios acristalados para las aves, ya que, muchas confunden el reflejo con el horizonte.

En la entrada, el vigilante de seguridad nos dio los pases de acceso y aún en silencio subimos en el ascensor hasta la séptima planta. Su peculiar aroma se empeñaba en apoderarse de todos mis sentidos. Las cosas como son, huele realmente bien. Salimos a un gran espacio, con un gran escritorio frente a nosotros. Es como si toda la planta se encontrase diáfana con el escritorio como único obstáculo antes de llegar a la que ya se veía como una gran sala de reuniones. La nuestra es bastante grande, es más grande que mi apartamento de cuarenta y dos metros cuadrados, pero esta; creo que ocupa media planta del edificio. La secretaria se levantó según nos íbamos acercando, un escueto "Buenas tardes" y un escáner de pie a cabeza de mi compañero antes de abrir la puerta. Entramos a la reunión sin volver a mediar palabra alguna, él mantenía la misma sonrisa; transmitía con su gesto mucha tranquilidad, confianza y seguridad. ¿Dónde estaba el pedante que apenas unas horas atrás me sacaba de quicio? Poco a poco, el nudo que había en mi estomago desparecía. En efecto, se trataba de uno de los grupos de empresas más importantes del país y al ver los cargos de los asistentes me di cuenta de lo importante que era para él esta reunión *in extremis*. Algo importante se estaba cociendo, para que estos peces gordos no estuvieran ya a bordo de un yate en el mediterráneo o deslizándose por una pista de esquí en Canadá. Tal y como me decía mi instinto, era un despacho bastante grande, una sala de reuniones muy parecida a la nuestra, pero tres veces más grande. No había cuadros, ningún tipo de adorno o decoración que distrajera la mente de lo que realmente importaba: el trabajo. Un recuento rápido a las personas en la sala y más o menos creo que unos cuarenta. La plana mayor de este sector estaba a la espera de nuestra demostración. Nos situamos en un extremo de la mesa, mientras él preparaba el proyector y yo encendía el portátil e insertaba el disco que había preparado. Todos en silencio, incluso yo, esperando ver los milagros de aquel mago desconocido.

Acomódense en su asientos, señores, ¡empieza el espectáculo! Un saludo de cortesía y se lanzó sin preámbulos. En este negocio sabemos que todo en cuestión de inversiones está inventado, o eso creía yo. Quedaba embelesada muchas veces al observarle cómo se movía e interactuaba con los allí presentes, explicar sus teorías financieras futuristas, mientras de hito en hito, me dedicaba una que otra mirada y una sonrisa de complicidad en la que se podía leer con claridad: "Todo va sobre ruedas". Empecé a serenarme y a prestar atención sin que pensamientos intrusivos me sacaran de aquella sala. Su voz sonaba tenue, sin efusividad esperada. No era el momento, solo son datos generales. Recopilé toda la información que me pidió estos días, y pude ver que el análisis de inversión global que había hecho era realmente impactante. Había matices, ideas muy arriesgadas en las que difícilmente muchas de estas empresas se permitirían jugársela, a no ser que algo no estuviera a la vista y, como si detrás de un velo, esperase a ser descubierto. Es el caldero de oro al final del arcoíris y él iba a mostrarles cómo conseguirlo. Al igual que los presentes en la sala, quedé hipnotizada con sus palabras, sus movimientos calculados, estudiados. Era realmente guapo, muy atractivo y me detenía el parpadeo con sus gestos. De pronto, se quitó la chaqueta y la colocó en el respaldo de su silla y sus ojos se clavaron en mí en el momento que empezaba a remangar su camisa y subirla hasta el antebrazo. Me dedicó una sonrisa y quedé paralizada. Mi estómago reaccionó de una forma que hacía tiempo había olvidado. Noté el rubor de mis mejillas y deseé que la tierra se abriera y me tragara por completo.

–Señorita Vidal, si es tan amable, por favor –hizo un ligero ademan con su mano derecha. Me levanté de la silla y saqué de la caja la documentación que habíamos traído. Entregué a cada uno de estos señores una copia del informe de evaluación de riesgos de las compañías que compiten en el sector. Prosiguió mientras yo me dedicaba rápidamente a repartir unas finas carpetas en la que había trabajado días atrás–. No se trata de ver los fallos de esas empresas, sino más bien conocer las razones de esas vulnerabilidades. Por esa razón vigilamos el lado más delgado de la cuerda, estudiamos cómo puede ser reforzado y es ahí donde pueden encontrarse la oportunidad para obtener mejor y mayor resultado en corto y medio plazo. Atrás queda lo de invertir en una empresa que todos sabemos que va bien, todos los lobos irán a por ella. Les digo que vayamos a por las que apenas se mantienen a flote y una vez calculada la inversión, lanzarnos a su yugular. Puedo garantizar, señores, que si trabajan con nosotros el tiempo del que hablamos no superaría los cinco años.

Volví a mi asiento todavía un poco ruborizada, deseando ya que la reunión terminase cuanto antes. Él seguía con su perorata, encandilando a los presentes y mostrando a cada minuto que pasaba que su opción de inversión era la única opción que realmente valía la pena. "Les estoy abriendo las puertas a un nuevo modelo de inversión. Todo lo demás, está obsoleto", le oí decir con absoluto convencimiento. Nuevamente me miró y sonrió; por un momento olvidé lo que me fastidió asistir a esta dichosa reunión. Y en un segundo me di cuenta que soy patética. Resulta que con solo mirarme ya me consideraba una chica con suerte.

Mi turno de exponer el trabajo que había preparado fue más corto y escueto que el suyo. Sólo tenía que dar los nombres de empresas en la situación favorable y explicar el coste de inversión en cada una de ellas. Por suerte hablaba con gente especializada en estos temas y no tuve que extenderme en explicaciones. Sé que era un trabajo sencillo pero convencida de que puedo dar lo mejor de mí y que estoy preparada para cualquier reto, modestamente, lo bordé. Algo dentro de mí reflejó una sonrisa. Al terminar la reunión me hizo un guiño y me dedicó una espectacular sonrisa.

Cuando hablas con expertos en la materia, como era el caso, sólo queda despedirse y dejarles que discutan sus opiniones en privado. Sea cual sea el resultado de su decisión sobre este proyecto, lo sabremos en un par de semanas. Ya en el ascensor me sorprendió su reacción: me cogió de los hombros y me dio un fuerte beso en la mejilla. Esa reacción produjo en mí un cúmulo de sensaciones inexplicables, sin contar que casi se me cae el ordenador. Él no hizo más que un comentario manteniendo su irresistible sonrisa: "Sobre ruedas, Marta. Sin duda formamos un buen equipo". Sonreí tímidamente y, para mi sorpresa, empecé a sentirme un poco más cómoda a su lado. Aunque el hormigueo que sentía en todo mi cuerpo me mantenía alerta. ¿Cambiaría al Sr. Collado por él? Y en mi mente aparece mi yo interior para decirme que esa pregunta ni se formula, ¡cambiamos al viejo verde sin dudarlo! El nerviosismo primero de tener que compartir coche, la reunión... había desaparecido. El ambiente ya había cambiado. O quizás no.

–Esto hay que celebrarlo. ¿Qué te apetece cenar?

Mis movimientos se volvieron descoordinados e intentaba pensar todo el tiempo transcurrido en la reunión. Nada daba pie a semejante propuesta. Ya había anochecido cuando salimos en busca del coche y había pensado en pedirle que me dejara en la boca de metro más cercana. Buscaba un punto de equilibrio y no lo encontraba. Todas mis barreras habían sido destruidas con una simple pregunta. Como gran observador, se dio cuenta de ello. Antes de subir al coche se detuvo delante de mí y me miró fijamente a los ojos.

–Disculpa mi espontaneidad y mi atrevimiento. No sé nada de ti y ni siquiera me he parado a pensar en si tenías cosas importantes para hacer hoy. Me había obcecado con la reunión... –Tarde pero bien reconocido, pensé; y no sabía si darle un punto a favor o en contra. De todas formas no había tenido tiempo de hacer esos balances, ya que todo ocurría más deprisa de lo que normalmente estaba acostumbrada. Él prosiguió mientras yo dirigía mis ojos a mis zapatos–: No tengo con quién celebrar el triunfo de esta reunión, salvo con la persona que me ha ayudado a conseguir el éxito alcanzado hoy. Seguramente te he fastidiado algún plan, pero estoy dispuesto a compensarte.

Por un momento pensé en responder lo que tenía en la cabeza, y recordé las numerosas ocasiones en que Teresa me decía que sin riesgos la vida es menos vida, que debía ser más atrevida en algunas decisiones y, por lo tanto, disfrutar del momento. Las cosas no son siempre blancas o negras, me decía. En ese momento le di la razón. No tenía planes en absoluto y podía aprovechar y terminar lo que empezó como un día horrible en algo más o menos de mi agrado. Busqué en mi interior y encontré un poco de valor y decidí que no me apetecía hacer de cenar cuando llegara a casa. Al fin y al cabo, no era mi jefe.

–Un japonés –dije, intentando parecer despreocupada y al mismo tiempo retener la emoción que empezaba a sentir por hacer lo que para mí sería una locura. Ir a celebrar el éxito de una reunión que me había fastidiado mi tarde libre con arrogante lobo de las finanzas, ¡una autentica y descabellada locura!

– ¿Perdona?

–Hay un restaurante japonés, que me han dicho que está muy bien. Creo que sería un buen sitio.

–No se hable más –y con una gran sonrisa abrió la puerta del coche haciendo un ademán gracioso de reverencia. Una vez dentro, me dio las gracias. Yo esbocé una mueca lo más parecida a una sonrisa. Acto seguido le dí las indicaciones de cómo llegar y me perdí en mi reflejo mientras contemplaba como la ciudad se preparaba para noche lluviosa. Las nubes se habían multiplicado y solo quedaba esperar la hora en que el cielo decidiera dar comienzo a su particular banda sonora. Entretanto, la radio escupía una canción de moda, de esas con un estilo indescifrable. Agradecí el silencio que me proporcionaba mi acompañante, ya que así pude ahondar en mis pensamientos antes del sorpresivo encuentro.

Una vez leí que hay ciertas oportunidades en la vida que no hay que dejar escapar; después, siempre habrá tiempo de arrepentirse de haberlo hecho en vez de lamentarse por la incertidumbre de rechazarla. En eso insistía constantemente Teresa conmigo, ya que lo de persona retraída y ensimismada me venía que ni pintado. Ella y Jaime se conocieron gracias a un brote de espontaneidad y, mira, diez años casados, dos hijos preciosos. Es curioso cómo te puede cambiar la vida con una simple decisión. Empecé a ver los cambios en mi vida a raíz de tomar la decisión de cenar con mi compañero. Mentalizarme que es simplemente eso, mi compañero. No me imagino haciendo esto con el Sr. Collado ni en mis sueños más absurdos. Mi yo más realista me gritaba que con ese engreído no. Sonreí para mis adentros.

Ya en el restaurante, un lugar fabuloso y atractivo decorado al estilo Japón más feudal –que impresionó a mi acompañante de una manera mágica–, me sentí verdaderamente feliz por el acierto. Los camareros vestían con kimonos casi al estilo samurái. En los pies llevaban esas extrañas sandalias de suela de madera que repiqueteaban en el suelo con el mismo sonido de un martillo clavando un clavo. A los dos nos sorprendió mucho la manera de servir el Sake, recordé a un compañero de la facultad que explicó a la clase el arte de servir Sake. Si eres el anfitrión, has de servir todas las copas, menos la tuya, sujetando el recipiente con las dos manos. Las ceremonias en este caso, iban a cargo de los camareros. Pero como chica curiosa que soy, no pierdo detalle alguno, por si algún día, me tengo que enfrentar a un grupo de lobos japoneses.

Entre el delicioso Sushi y los sorbos de Sake, empezamos a hablar. Al principio todo giraba en torno al trabajo, me pidió que por favor hablara un poco de mí, para conocerme mejor, al fin y al cabo empezábamos a formar equipo y ésta, según decía, solo era la primera de muchas otras citas importantes en la que necesitaba contar con mi ayuda. Y siempre habrá momentos en la oficina para ello.

–De los asuntos laborales trataremos en la empresa. Hoy ya no estamos trabajando. –Dijo mirándome fijamente, a la vez que levantaba la pequeña copa de Sake. Yo también levanté mi copa y sentí como el tibio brebaje se deslizaba por mi garganta, haciendo que el calor de la situación se extendiera por todo mi cuerpo.

No me gusta hablar de mí y menos a desconocidos y, dadas las circunstancias, a quien se postulaba a ser mi jefe en un futuro no muy lejano. Así que me tuve que concentrar para cambiar el prisma y verlo como una cita al salir del trabajo; así que a quien tenía delante era pues, alguien con quien había quedado para cenar. Un compañero más. Conté sobre llano algunas cosas y él escuchaba con increíble atención sin interrumpirme, salvo palabras de incredulidad sobre algo que dijera o para ofrecerme más Sake. Eso sí, a la manera japonesa, con las dos manos. Resulta que aparte de observador, mima los detalles. Cautivador. En la mesa contigua, una pareja de enamorados se intercambiaban sonrisas y besos, tomándose de las manos continuamente, temiendo quizás perderse en aquella extraña máquina del tiempo. Se oyó desde el fondo del pasillo cómo un plato se hacía pedazos contra el suelo. Todos los presentes miramos; es la reacción automática, supongo, pero me sorprendí al ver que mi acompañante no apartó los ojos de mí. Busqué rápidamente mi copa y di otro sorbo, intentando en vano esconderme de su mirada. Mi subconsciente apareció de nuevo para regañarme, "tú lo vales, no lo olvides". La velada transcurrió de forma mecánica a veces y en ocasiones de una sobrenatural armonía, jamás sentida por mi parte ante un desconocido. Vi en su expresión que pensaba y sentía lo mismo que yo en ese momento, pero él era mucho más extrovertido que yo, por lo tanto no lo ocultaba.

–Seguro que ya te lo han dicho miles de veces –hizo una pausa–. Tienes unos ojos preciosos.

Sentí ruborizarme otra vez y noté el temblor de mi mano al coger la copa de Sake; él también se percató y tomó mis manos entre las suyas. El alcohol empezaba a hacer de las suyas. Noté unas manos suaves cuyo calor me transmitía la tranquilidad que de repente se había ausentado de mí. Me miró y sonrió; yo correspondí su gesto con una tímida sonrisa y agachando la mirada. Me hizo un pequeño gesto invitándome a irnos ya. Asentí con un ligero movimiento de cabeza. Al cabo de unos minutos, agradecía el delicioso aire nocturno de la calle, un aire que anunciaba tormenta. Me parecía formar parte de un sueño, hasta que llegaron las gotas de lluvia.

Insistió en acompañarme a casa, ya que consideraba que a esas horas era su responsabilidad. Además, estaba diluviando. "A esas horas –pensé–; ni siquiera sé qué hora es, y realmente no me importa". Al llegar, bajó rápidamente del coche para abrir mi puerta y me encontré de repente prisionera entre él y el coche. La lluvia caía con insistencia y ninguno de los dos teníamos prisa por resguardarnos de ella. Me cogió del brazo para ayudarme a avanzar rápidamente hasta el portal. La ropa se me pegaba al cuerpo y el agua se deslizaba por mi pelo. Ambos reímos.

–He tenido ganas de besarte desde que salimos del restaurante –dijo de repente.

Guardó silencio y me miraba fijamente mientras mis ojos se abrían como platos ante aquel comentario y la situación en la que estábamos envueltos. Mi corazón latía de prisa, y mi estomago repitió aquella sensación. Sentí el impulso de salir corriendo. "Con este engreído no". Pero mi cuerpo no se movió. Puso sus manos sobre mi cara y sentí nuevamente aquel agradable calor que transmitía en mí una gran sensación de seguridad. En ese instante, deseé que ese calor invadiera mi cuerpo. He de subir a este tren, o quizás me arrepienta no haberlo hecho. Cerré los ojos al instante y me besó. Un beso dulce, suave y ligero como la brisa. Subimos a mi pequeña y desordenada casa. Nadie me avisó que tendría visita y, además, tenía la intención de largarme de la ciudad. No dijo nada del desorden y yo no iba a detenerme ahora a dejar la casa un poco presentable. Entre besos y forcejeos por arrancarnos mutuamente la ropa mojada, entramos en la habitación y caímos sobre la cama. Hicimos el amor mientras la lluvia nos acompañaba con su peculiar banda sonora hasta que la luz del amanecer nos dio los buenos días entre besos y caricias. Fuera estaba todavía nublado, vestigios de la tormentosa noche, pero en mí, brillaba un sol radiante. Me dediqué a mirar aquel hombre que, en un primer momento llegó a parecerme casi insoportable y ahora, a desear que no abandonara mi cama. Hay que ver cómo te cambia la vida en el momento más inesperado.

Pasamos del desayuno y nos enredamos entre las sábanas, haciendo el amor con una dulzura increíble. No deseo que aparte su piel de la mía ni por un segundo. De la cama a la ducha, donde me di cuenta de que con él, tendría un apetito insaciable. Me vestí con unos vaqueros y una camiseta negra con una silueta de James Brown donde se leía en letras grandes, "FEEL GOOD". Y sí, así me sentía realmente y cuando me vio no pudo evitar sonreír. Comimos en un burguer y tras dejarme de vuelta en mi casa, prometió volver para meterse nuevamente en mi cama. Con un beso que me habría gustado haber detenido el tiempo se marchó, dejándome con un embrollo en mi cabeza y en mis hormonas como nunca lo había tenido.

Evidentemente era un quebradero de cabeza estar liada con un compañero de trabajo, y para hacerlo más enrevesado, un compañero que aspiraba a ser tu jefe. Vaya berenjenal, pero lo mejor es no pensar y disfrutar el momento, sin ataduras. Hay que ser consciente de lo que queremos y yo no quiero nada formal, no estoy buscando nada formal; ¿o sí? Subí a toda prisa por la escalera y así no dar más vueltas a la nueva situación. Empecé por cambiar las sábanas y ordenar la habitación, después recogí el salón y aspiré la alfombra. Todavía no sé por qué no la he bajado al trastero, ya no hace tanto frío. Pero soy amante de las alfombras y esta me la trajeron mis padres cuando se fueron de crucero por el mediterráneo y pasaron por Turquía. Bajé a la tienda de la esquina y compré unas velas aromáticas y dos botellas de cava. Pensé en sorprenderle con una cena ligera, así que añadí unas rodajas de salmón que acompañaría con un delicioso puré de patatas. Llegó puntual a la hora de la cena, acompañado de una botella de vino.

-Una cena deliciosa. Eres una gran cocinera.- Dijo con una gran sonrisa al tiempo que me abrazaba.

-Gracias.- No pude evitar ruborizarme-.

-Mientras yo recojo la cocina, podrías preparar una maleta con ropa para una semana.

-¿Dónde vamos?

-El destino es lo de menos – dijo mientras me estrechaba entre sus brazos – la compañía es lo que realmente importa.

Mi cara se había convertido en un poema. No había hecho ningún plan para esos días y, curiosamente, se vaticinaba una de las semanas más fantásticas de mi vida. Al día siguiente cogimos un avión con destino Lisboa, para disfrutarnos el uno al otro lejos de la desazón que provocaba nuestra relación laboral. Éramos dos amantes perdidos en una ciudad que dejaba una huella impresa en cada rincón donde nos besábamos. Allí me confesó que era hijo de un alto cargo político del gobierno, no quiso decirme de quién se trataba; solo se limitó a decirme que no mantenían ningún tipo de relación desde hacía ya mucho tiempo. Sinceramente, estábamos lejos de todo y de todos y poco me importaba en aquellas idílicas circunstancias.

Una noche, después de cenar y tras caminar por unas estrechas callejuelas, entramos en un bar en el barrio de Chiado. La penumbra invadía toda la estancia y las luces se dirigían hacia un escenario pequeño situado a nuestra derecha. El telón se abrió y una mujer de unos cuarenta y tantos se lanzó a cantar acompañada de un par de guitarras y un acordeón. Escuchábamos a aquella cantante de fado, su apasionada y melodiosa voz penetró tan dentro de mí que sentía cómo se encogía mi propia alma. Solo pude abrazarle fuerte, tan fuerte que lo quería tener dentro de mi piel. Era feliz, realmente feliz. Salimos cogidos de la mano y empecé a sentirme como si realmente fuera mi pareja. "Pero no lo es" dijo mi voz interior y un leve escalofrío recorrió mi espalda. Él lo percibió y se apresuró a abrazarme.

-¿Estás bien? ¿Pedimos un taxi?

-Sí, estoy bien. Prefiero caminar si no te importa. – Aceptó con una sonrisa y tras besarme ligeramente continuamos descendiendo la calle, abrazados.

La noche era apacible, con una luna en cuarto creciente que coronaba el cielo y aunque se notaba una brisa fresca decidimos hacer todo el recorrido hasta el hotel. Hicimos el amor apasionadamente como adolescentes, hasta quedar exhaustos. Se quedó dormido mientras me abrazaba, tuve la sensación de que me encadenaba con sus brazos para que me quedara a su lado toda la vida. No recordaba el placer que se siente cuando duermes arropada por los brazos de una pareja. "Pareja", repitió mi voz interior. No sé si lo somos, no sé si él lo ve así, pero a mí me empieza a gustar estar arropada por el calor de su piel.

El día se despertó con un sol increíblemente reluciente y decidimos, cámara en mano, recorrer la parte alta de la ciudad. Descubrí que le gustaba la poesía, al recitarme en perfecto portugués un poema de Fernando Pessoa, sentado junto a su estatua en el café A Brasileira. No dejaba de sorprenderme, y cada segundo que pasaba mi cuerpo lo necesitaba más. Era una hermosa y sexy caja de sorpresas. El día parecía no terminarse nunca, los pies me dolían muchísimo. Esta vez tomamos un taxi para regresar al punto de partida y después de comer caminamos hasta la Plaza del Comercio. El sol empezaba a dar muestras de cansancio, quizás tanto como yo y nos quedamos un rato en silencio, contemplando cómo se teñía el cielo de color fuego.

En plena Plaza, abarrotada de gente al atardecer, cogió mi mano y me pidió que a la vuelta buscáramos la manera de que nuestro trabajo no interfiriera en esta nueva relación que, por nada del mundo quería deshacer. Me pareció la manera más romántica de pedir a alguien que no se aparte de ti. Nuestras particulares vacaciones terminaron y regresamos a la ciudad dispuestos a darle una oportunidad a este sentimiento mutuo que resurgía con fuerza en cada atardecer. Decidí apostarlo todo, absolutamente todo. La barrera que nos separaba dentro de la empresa me desesperaba y empecé a temer que nos aislara de alguna forma. Saber que le tenía ahí, tan cerca y no poder abrazarlo me desgarraba el alma. Empecé a amarlo sin apenas darme cuenta, a necesitarle tanto como se necesita el aire para respirar. El tiempo continuó su particular ritmo y nos fuimos adaptando a todos los cambios. A veces buenos, otros no tan buenos como en toda relación de pareja; pero con cambios o sin ellos, siempre debes recordar que solo tienes una vida; solo una…

–Hay que inflar más globos, Marta –dijo mi madre desde el salón–. No los encuentro.

–Están en la bolsa que he dejado al lado de la puerta –grité desde la cocina.

Y sí, pese a todas mis agonías el tiempo, marcó su camino de forma inflexible. Hoy celebramos el tercer cumpleaños de nuestro hijo, Alex. Así avanzó el tiempo, año tras año, envolviéndome en un manto de felicidad generada por mi hijo, ya que solo yo disfrutaba de Alex mientras él; bueno. Estos años lo habían convertido en un espectro cada vez más frio, cada vez más distante. Yo, empecé a tener cuadros depresivos que iban y venían, haciéndome insegura, vulnerable. Sus abrazos intensos y posesivos habían pasado al recuerdo de tal manera, que se habían convertido en una fantasía. Ante mi, se desplegaba una realidad jamás vista por mis ojos y nunca presente en mis peores pesadillas.

Una nueva existencia empezaba a formarse ante mí, como un universo paralelo. Lo que realmente sucedía y lo que yo me esforzaba por creer que ocurría. No vi indicios de tal actitud más allá de comentarios difuminados, a los que no les preste atención ni les di la importancia que debía. Muchos de ellos cuando le pasaba notas en la empresa, pidiéndole que nos viéramos en el parking, solo para abrazarlo y sentirle mío. Ciertos gestos de desprecio, alguna que otra frase como: "No vales para nada", o: "Vaya mierda de mujer te has convertido"... Los pasaba por alto y los olvidaba con más o menos rapidez.

Solía decirlo cuando estaba bebido, la mayoría de las veces. Cosas producidas por el alcohol. Y otras, quizás, por mi pesadez, al quererle para mí todo el tiempo.

El nacimiento de Alex hizo, de forma que aún no logro entender, que aquel idílico romance se desvaneciera poco a poco. Y por contra, dejó en su lugar una gran sombra. Como un actor secundario que desea su gran momento, seguía ahí, latente, asechando oculta una oportunidad; esperando quizás la más leve excusa para subir el telón y empezar la verdadera obra como protagonista. La vida sigue, y los obstáculos se saltan, sin más; no hay que pararse a contemplarlos. Y en muchos casos si no los puedes saltar, los obstáculos se atropellan.

Alex tenía ya siete años, y ese viernes le recogí en el colegio y lo llevé directamente a casa de mis padres. Allí permanecería todo el fin de semana. Al llegar a casa, preparé una cena especial: un poco de Sushi para abrir boca, luego una ensalada –receta de mi abuela, que le encanta–, un chuletón de buey con salsa de pimienta y una botella de Sake que había comprado en una tienda de licores de importación. Llené la bañera y coloqué velas por cada rincón de la casa. Él era el único elemento faltante para hacer de ello una velada perfecta como la primera vez. Me vestí con un kimono azul celeste, con un gran dragón naranja bordado en la espalda; debajo no llevaba nada. Recuerdo el baile de mariposas que sentí en el estómago al comprarlo, pensando en la noche de hoy. Estaba dispuesta a recuperar aquella magia, aquel lazo especial con el que deseaba atarme hasta el final de mis días.

Me moría de ganas por verle cruzar el umbral, pero las horas pasaban y mi ilusión terminó observándome sentada, con la soledad y la decepción compartiendo mesa. Cada vez más lejos el uno del otro, en el sexo, ya no distinguía si era él quien no me buscaba o era a mí a quien no le apetecía.

O yo no le resultaba apetecible. ¿Qué ha ocurrido en estos años para que haya cambiado tanto? He buscado la respuesta a esa pregunta en innumerables ocasiones, casi todas ellas muy semejantes a esta, y a día de hoy no soy capaz de encontrarla. Ensimismada en mis pensamientos, no escuché la puerta al abrir. Intenté calmarme y quitarle hierro al asunto. Metí las manos en las mangas del kimono y fui a su encuentro.

–Hola. Ya tenía ganas de que llegaras –dije al mismo tiempo que le cogía la chaqueta–. ¿Qué tal el día? Hoy llegas más tarde de lo habitual.

Sinceramente, no tuve ganas de darle un beso; menos aún por su mirada esquiva y el silencio de su respuesta. Aun así rocé su mejilla con mis labios y un ligero aroma a alcohol hizo aún más patente mi malestar. Los años junto a él me hacían conocerle bastante desde el silencio y el segundo plano en el que me mantenía la gran mayoría de las veces. Supe que las cosas no estaban demasiado bien en la empresa. Yo había dejado de trabajar allí al poco tiempo de quedarme embarazada, debido a la complicación del mismo, que me mantuvo en casi absoluto reposo durante más de seis meses. Después de que Alex empezara el colegio, estuve trabajando en una pequeña empresa cerca de casa a media jornada, lo cual me permitía cuidar de mi familia. En un principio no le pareció bien que me fuera de la empresa, por el hecho –según decía él– de que así no podía cuidarme. Él ocupaba ya el puesto del Sr. Collado, el que se suponía sería mi sitio llegado el momento, pero ya me había hecho a la idea de que su contratación me dejaría en mi sitio de siempre. Pese a su negativa, seguí adelante y su objeción vino luego, ligada al hecho de que él ganaba el suficiente dinero para que yo no tuviera la necesidad de trabajar. Se había convertido en el más feroz de los lobos financieros del mercado y eso, tenía su recompensa. Después de entrar en diversos cuadros depresivos, dejé el trabajo y él se calmó durante un tiempo. Quise volver a preguntar, pero se marchó directamente a la cocina, tirando el maletín sobre el sofá, sin importarle si se había caído al suelo. Cuando colgué la chaqueta, recogí el maletín del suelo y lo puse en un lado del sofá y le seguí. Estaba buscando la botella de whisky. Tenía ya unos hielos en el vaso y se sirvió. Mi yo interior suspiró con decepción.

–Cariño, ¿va todo bien? –pregunté, ya que hacía mucho tiempo que no reflejaba una actitud similar. Mi enfado inicial había quedado aparcado. Hacía más de un año que no le veía coger la botella en casa.

– ¿Por qué no me dejas en paz de una puta vez? –fue su respuesta, sin apartar los ojos del vaso mientras un generoso chorro de liquido marrón ahogaba los cubos de hielo.

–Que estés cabreado por lo que sea fuera de esta casa no significa que debas pagarlo conmigo –repliqué.

–Pues entonces lárgate y déjame solo –apuró el whisky y se sirvió de nuevo.

– ¿No sabes qué día es hoy? –mi indignación sobrepasaba los límites permitidos y fui incapaz de callar. La pausa que hice le invitaba a contestar y solo obtuve un gesto soberbio cargado de total indiferencia–: ¡Es nuestro aniversario! Llevo toda la semana preparando algo especial para ti. –Las lágrimas asomaron-.

Su indiferencia me taladraba el corazón. Vi en sus ojos una frialdad pasmosa, una mirada que contrarrestaba la de años atrás en Lisboa, donde me pidió que hiciéramos todo lo posible para que nada cambiara entre nosotros. Mi intuición hizo sonar la alarma; di media vuelta y salí de la cocina sin pronunciar palabra. No me apetecía que me viera llorar. Al cabo de un rato se sentó en la mesa mientras yo retiraba las velas. Sostenía de manera inseparable su vaso de whisky. Me miraba, daba sorbos cortos pero de manera continua, mecánica sin apartar sus ojos de mí en ningún momento; empecé a sentirme muy incómoda, algo que nunca me había ocurrido. Me gusta que me mire, me vuelve loca; pero no de esa manera.

– ¿Qué estas pensando? –su voz había perdido encanto gracias al alcohol.

–No estoy pensando en nada –me limité a contestar. No apartaba sus ojos de mí; su tono de voz, cada gesto que provenía de él me perturbaba y cada vez me ponía más nerviosa.

– ¿No vas a cenar? –preguntó segundos después.

–No tengo hambre.

– ¡Joder!, pues no pienso cenar solo.

–Haz lo que quieras. Después de esperarte más de dos horas comprenderás que haya perdido el apetito –recogí algunos platos y me disponía a llevarlos a la cocina.

– ¿Dónde coño vas?

–Me voy a dormir. Estoy cansada.

– ¡Y una mierda! –su expresión cambio al tiempo que se ponía de pie, y su mirada paralizó mis movimientos. Me sentía incapaz de reaccionar mientras le veía acercarse a mí con una extraña sonrisa dibujada en los labios. Los platos casi se me resbalan de las manos así que los apreté fuerte contra mi pecho–. Pon tu culo gordo en esa silla y cena conmigo.

Dudé un segundo entre sentarme o salir corriendo del salón. Mis sentidos me pedían a gritos lo segundo y apunto estuve de hacerlo, hasta que su voz estalló en mis oídos otra vez, haciendo desvanecer todo acto de valentía que podía arraigarse a mí.

– ¡Que te sientes de una puta vez, coño!

Cerré mis ojos y sentí mi cuerpo tembloroso, dejarse caer lentamente sobre la silla. Rondaba alrededor como un animal salvaje a su presa, mirándome y sonriendo. Sé que habían cambiado muchas cosas entre nosotros desde hacía algunos años, pero esto, esta situación cargada de terror, me sobrecogía el alma. La sensación de protección y seguridad que había sentido con él durante años se había esfumado con el paso del tiempo, sobre todo cuando llegaba a casa con más copas de lo habitual. Se sentó al otro extremo de la mesa y un movimiento de su mano era la invitación, o quizás la orden, para comenzar a comer. Yo no tenía ganas de comer y mucho menos de permanecer sentada en aquella mesa, sentada frente a una persona a la cual desconocía y que intentaba a través de su mirada, desfragmentar mis pensamientos. Comí a regañadientes y no añadí ningún comentario a su protesta por encontrar la cena fría. Una vez terminado aquello, me levanté a recoger la mesa mientras él se daba una ducha. Tuve la ligera esperanza de que eso le despejara. "Vaya asco de noche", pensé mientras me dirigía a la habitación.

–Esta es nuestra noche, nena –dijo, sorprendiéndome en el pasillo, con la toalla atada a la cintura. Mantenía ese cuerpo que una vez me enloquecía con tan solo mirarlo. Recordaba vagamente cómo me encantaba verle salir de la ducha; era un deleite sólo para mis ojos. No recuerdo un solo momento en todo este tiempo, que dejara de fascinarme esa escena.

–Estoy cansada. Lo dejamos para otro día –intenté abrirme paso pero se colocó en medio del pasillo para cortarme totalmente el paso. Quise pasar por su lado sin tocarle pero resultaba imposible.

– ¿Qué coño estás diciendo? –su mano prensó mi brazo igual que lo hace la mandíbula de una fiera con el cuello su presa.

–Me haces daño. –Repliqué con una voz muy parecida a un susurro.

– ¡Vaya mierda! Resulta que no puedo ni echar un polvo con mi mujer si me apetece. ¡Joder!, ¿para qué coño sirves, eh?

Me disponía a contestar cuando su otra mano me acertó una fuerte bofetada, supongo que por mi intento de protesta. Rápidamente se lanzó sobre mi cuello, pegando mi cabeza contra la pared. Esta vez las lágrimas rompieron la barrera y escaparon al exterior, haciéndome sentir más débil todavía. Notaba la presión que ejercían sus dedos en mi garganta. No me atrevía a replicar nuevamente, pero algo superior al miedo surgió desde lo más profundo de mi ser: mi instinto de supervivencia.

Dicho instinto habló por mí. “No puedo respirar”, fue la frase que escapó de mis labios como un murmullo. Lo miraba aterrada y al mismo tiempo incrédula de ver al hombre que compartía su vida conmigo extrayendo por la fuerza mi aliento de vida. “No puedo”, repetí. Poco a poco sus dedos cedían y fue soltándome. Su mirada continuaba clavada en mí sin dar muestra alguna de arrepentimiento. Antes de soltarme del todo volvió a empujarme otra vez contra la pared. Me llevé las manos al cuello procurando que entrara cada bocanada de aire que pasara cerca de mí. Mientras una tos escabrosa producía convulsiones en mi cuerpo, y éste respondía haciendo amagos de vomitar. Él, con asombrosa indiferencia marchó a la habitación y minutos después pasó por mi lado sin inmutarse; yo me mantuve inmóvil pegada a la pared; haciendo acopio de mis fuerzas. La puerta cerró con brusquedad al tiempo que él abandonaba la casa. Paradójicamente, las pocas fuerzas que creía tener lo hicieron también.

Mis piernas empezaron a temblar, ya incapaces de sostenerme. Caí de rodillas y comencé a llorar. No recuerdo cuánto tiempo estuve así, pero una vez recobré fuerzas me dirigí en busca del teléfono. Al tiempo que marcaba con mano temblorosa me empezaron a asaltar las dudas, de si yo no era lo bastante comprensiva, si había hecho algo mal. A lo mejor hoy no era el día propicio para intentar remontar nuestra relación. Tal vez no debí obcecarme al intentar que todo hoy, saliera perfecto. Esto ha sido un hecho aislado, nunca antes lo había hecho, nunca me había pegado y no creo que fuera capaz de repetirlo. "El alcohol", pensé. No suele beber en exceso y es verdad que me suelo tomar las cosas a la tremenda. Puede que él tenga razón y que con mis cuadros depresivos no valga ni para el sexo. La sociedad hoy en día está desbordada, es solo un cúmulo de cosas que estallan en un momento inesperado. Creo que me quiere al igual que yo a él, y no me haría daño. No sería capaz de hacerme daño.

–Hola, me llamo Silvia, ¿en qué puedo ayudarte? –sonó una voz al otro lado del teléfono que me hizo salir de aquellos pensamientos. Esperó unos segundos antes de volver a hablar–. Sé por lo que llamas, tranquila; no estás sola. Tómate tu tiempo, estamos aquí para ayudarte.

Respiré hondo, y colgué.

Esa noche me costó dormir, todos mis sueños se habían roto en mil pedazos, se transformaron en humo. No quería dormir, mi mente me decía una y otra vez que sería imposible que él me hiciera daño, pero aun así el miedo no abandonó mi cama. La carga de emociones y el cansancio al final pudieron conmigo. Dormí soñando que me encadenaba con sus brazos y me pedía una y otra vez que no me apartara de su lado. No llegó hasta el amanecer y me despertó con un beso, una suave caricia y una hermosa rosa acompañada de una tarjeta que decía "PERDÓNAME". Estaba segura de que todo fue sólo un mal sueño, un desagradable episodio marcado por el alcohol y que había que olvidar para seguir siendo felices. Un mal sueño. Desde que nació Alex ha variado su costumbre en cuanto a la bebida. Las dos cervezas habituales habían quedado relegadas al recuerdo, y el whisky pasó a formar parte de su rutina. Pero, no se excedía con frecuencia.

–Lo siento querida, creo que estaba un poco borracho. Sabes que nunca sería capaz de hacerte daño.

–Lo sé –respondí aferrándome a él con un fuerte abrazo–. Prométeme que no volverá a suceder jamás.

–Te lo prometo.

Tras un fin de semana tranquilo, en el que ambos intentamos disfrutar de nuestro tiempo sin Alex, todo volvió a una abstracta normalidad. Nos comportamos como adolescentes a los que sus padres habían dejado solos en casa. Hicimos el amor, pero sin esa pasión que me enloquecía y, aunque estaba de buen humor, se le notaba bastante tenso. Esa tensión permanecía asechando como un criminal en espera del momento idóneo para saltar sobre su víctima, siempre alerta y algún que otro día yo diría que rabioso o molesto por algo. Del incidente pasado, se quedó solo en un mal y desagradable recuerdo, aunque cierto es que después de aquello nos fuimos distanciando sin darnos cuenta. Dos meses más tarde creo que comprendí la razón de su constante apatía; tras una larga y agónica enfermedad su padre acababa de fallecer. Siempre se mostró negativo y tajante a la hora de hablar de su padre, incluso cuando nació Alex y le recriminé por ello. Se mantuvo en sus trece. Sólo me dijo que su madre murió cuando él tenía veinte años y a su padre siempre le consideró en la misma situación. Tanto era así que nunca permitió que mencionáramos a su familia. Me dijo hace años que su padre era un importante cargo político; mi sorpresa fue aún mayor cuando supe de quién se trataba. Estaba en todas las cadenas de noticias: "Ha fallecido Adolfo Martínez, Vicepresidente Segundo del gobierno. Tras varios meses en un estado delicado, el cáncer le ha ganado la batalla". Estuvimos presente los tres en el funeral de estado y me dio lástima por Alex, conocer a su abuelo en esas circunstancias. Me partía el corazón, pero tanto él como su padre mantenían un gesto sombrío y distante. Es un buen chico y estoy segura de que sacará lo mejor de los dos y llegará a ser una gran persona.

Los años pasaban y se amontonaban en un rincón de mi alma. El espejo se empeñaba en mostrarme en lo que me he ido convirtiendo sin poder remediarlo. Se había vuelto agresivo conmigo, y cada palabra que salía de mi boca era devuelta con un insulto, por lo que no quise entrar en el juego; quizás temiendo que pudiese repetirse aquella desagradable escena de la que, indudablemente, de haber cerrado la boca nunca se habría producido. ¿Cuándo hace de aquello: cinco, seis años quizás? Me he esforzado tanto por olvidarlo que en ocasiones dudo si sucedió realmente. Apenas manteníamos relaciones, y fui enterándome –en parte gracias a Teresa– que se dedicaba a flirtear con su secretaria. Y que cuando yo estuve embarazada se comentaba que mantuvo un lío con Angelines. ¡Esa zorra! Pero nunca pude confirmarlo. Su última conquista fue una becaria del departamento de Recursos Humanos y, por su parte, no había el más mínimo esfuerzo por ocultar sus idas y venidas, posiblemente aprovechándose de mi mutismo. O del miedo que había generado en mí durante todos estos años.

Entre las muchas vueltas que da la vida, terminó por cambiar de empresa. Casualmente, la empresa a la que hace años asistimos juntos para convencerles de que invirtieran como clientes nuestros en su proyecto, le hizo una oferta demoledora y no se lo pensó dos veces. El lobo era requerido para desgarrar y mutilar a quien fuese necesario; el dinero era lo único que importaba. El cambio a la nueva empresa me hizo pensar que las cosas cambiarían, pero el efecto fue contrario a cualquier expectativa de ir a mejor. Teresa estaba harta de ese comportamiento y no comprendía el porqué de mi parsimonia ante la descarada situación. A decir verdad, yo tampoco lo comprendía. Dudé mucho en qué debía hacer, pero una parte de mí pedía a gritos la libertad de decirlo y así lo hice. Desde ese momento, el sexo se había transformado en una lucha de poderes para determinar quien ejercía control sobre quién y en las que casi siempre, era yo quien saboreaba la derrota. Las discusiones eran más continuas y acaloradas, hasta que un día culminó una de ellas con dos puñetazos en mi cara y un empujón que hizo que mis costillas dieran contra la mesa de la cocina. Tras pedir de mil formas perdón, me explicó que se debía al estrés al que estaba sometido en la empresa, con unas "expectativas más amplias y unos retos muy importantes para todos, para la empresa y para nuestra familia", fueron sus palabras; pero ya llevaba dos años allí. Estaba confundida y no sabía si tendría el valor suficiente para coger el teléfono y llamar. El mundo, mi mundo, se había convertido en una carga muy pesada y en ocasiones insoportable. Pero estaba Alex y era lo que más me importaba.

Esta vez lo comenté con Teresa y me pidió que por favor lo denunciara. Le pedí tiempo para reflexionar; necesitaba tener las cosas bien atadas antes de hacer cualquier locura.

–Una locura es que continúes allí con esa bestia –dijo.

Entre que buscaba o intentaba encontrar una solución, el nuevo trabajo no ayudaba en absoluto y las discusiones marcaron el ritmo de nuestras vidas, encerrándome en un círculo vicioso del que solo podía salir enfrentándome a él. Cada vez que lo hacía, me empujaba violentamente a un abismo sexual en el que quería dejar la huella imborrable de que, mi cuerpo le pertenecía en todo momento, para hacer con él lo que le plazca. Hubo un tiempo en que eso me encantaba, que me deseara sólo a mí y disfrutara de mi cuerpo; con la diferencia de que era yo quien se lo ofrecía. Las náuseas mañaneras y algunos mareos me hicieron temer lo peor. No era el mejor momento, y mucho menos el lugar. El test solo confirmó mis temores.

Una noche discutimos acaloradamente por una de las mil cosas que le molestaban y me abofeteó. Alex estaba en el umbral del pasillo y su padre, al verle, dio media vuelta, cogió unas cosas y se marchó. Caminé a toda prisa y me encerré en el baño, convencida de que Alex se cuestionaba muchas cosas y me escuchaba llorar a través de la puerta. No me sorprendió verle sentado frente a la puerta. Su cara hirió mi alma profundamente. Mantenía el semblante sereno, impidiendo que las lágrimas o un atisbo de miedo se reflejara, pero es mi hijo y le conozco bien y sé que está sufriendo mucho. Estaba sufriendo igual o más que yo ante aquella situación, que no hacía más que repetirse y acentuar el dolor en cada uno de nosotros. Quise aliviar su peso, restándole importancia al hecho.

–Estoy bien, cariño –dije intentando que mi voz sonara tranquila.

– ¿Por qué te ha pegado? –preguntó

–Tu padre ha perdido los nervios y no ha sabido controlarse, solo eso. Vamos a preparar la cena. ¿Qué te apetece?...

Cenamos los dos solos. Preparamos unas gulas con gambas y una pizza pequeña, mientras hablábamos de las chicas de su clase para apartarlo del tema en cuestión. Los comentarios sobre las chicas le ruborizaban y poco a poco comenzó a relajarse. Aproveché su tranquilidad y le comenté que estaba embarazada pero que su padre no lo sabía y de momento no debía saberlo. "No hasta que se tranquilice", le dije. Le hice prometer que guardaría el secreto, y que yo buscaría el mejor momento para decírselo, ya que el trabajo le tenía en un estado constante de nerviosismo. Él llegó al día siguiente, antes de que Alex se marchara al instituto. Portaba un gran ramo de rosas rojas y en cuanto me vio se puso de rodillas y sonrió. Alex me miraba con la inocente ilusión, convencido de que con este gesto todo se arreglaría y volvería a la normalidad. Acepté el ramo, me abrazó y le susurré al oído de forma que Alex no pudiese escuchar.

–Esta es la última vez que me tocas, hijo de puta –me separé y sonreí. Su rostro se templó como el acero. Supongo que no se esperaba una reacción así. Y volvió a sonreír, pero esta vez le costó bastante.

Alex marchó al instituto acompañado de su padre y, aunque siempre prefería ir sólo -con eso de que se hace mayor-, aceptó de buena gana seguramente para complacer a su padre. Mi cabeza empezó a trabajar en las cosas que entre lágrimas se tejieron la noche anterior. Debía organizarme ya; tenía que buscar la forma de salir de esta casa y alejar a mi hijo del animal en que se había convertido su padre. Pero hacer las cosas bien, lleva su tiempo, así que me armé de paciencia. Al día siguiente, Alex se había marchado antes porque iba a una excursión a un pueblo de la sierra. Una vez los dos solos en la cocina, decidí que era el mejor momento para darle la noticia, antes de que se fuera a trabajar o lo que sea que haga cuando sale de casa. Estaba sentado con la taza de café en una mano y el periódico en la otra. Aun estando los dos en la misma habitación siempre sentía la fría soledad abrazándome; él apenas me miraba. Se pierde continuamente entre las faldas de las jovencitas; a mí, en cambio, me toca solo cuando viene borracho o para dar muestras de quién manda. Ha sido una locura no haber tomado precauciones por mi parte, pero ya no hay momento para arrepentirse. Embarazada, a mi edad. Lo hecho, hecho está.

–Estoy embarazada –no recibí respuesta alguna por su parte; me acerqué un poco más, puse mi taza de café en la mesa y me senté–... Estoy embarazada –repetí.

–Ya te oí, no estoy sordo.

–Bien, pues habrá que...

–Habrá que saber quién es el padre –me interrumpió, añadiendo esa mirada que cristalizaba el aire. Una mirada que me recordó aquel ser arrogante, que me ordenaba trabajar un viernes por la tarde. Con una sonrisa cargada de desdén se llevó el café a los labios y dio un gran sorbo.

– ¿Qué?... Eres un cretino. –Me levanté cargada de rabia e indignación; salí de la cocina y me encerré en el baño hasta estar segura de que se había marchado.

Sentí quedarme sola, una sensación habitual que lleva acompañándome mucho tiempo, quizás demasiado. Fui a la cocina y me senté a terminarme el café mientras seguía pensando en qué debía hacer y la forma de hacerlo; claro estaba que él no debía enterarse de nada. Recordé la película de "Durmiendo con su enemigo" y me sentí muy identificada. El café estaba frío, amargo; igual que la vida que llevo y la vida que les espera a mis hijos. Deposité las tazas en el lavavajillas y terminé de recoger la cocina, mientras trazaba el plan para alejarme de él. Para mantener a mis hijos a salvo. El plan parecía sencillo y yo ya estaba decidida a llevarlo a cabo cada minuto que pasaba. Primer paso, el teléfono.

–Hola.

–Marta, hija, estás perdida. A ver si sacas tiempo y nos vamos una tarde de compras –respondió Teresa desde el otro lado del teléfono, intentando como siempre darme pie a sonreír. Pensé que podía mantener la calma, pero al escucharla todo se derrumbó dentro de mí; al no saber que decirle, mis lágrimas empezaron a salir antes que mis palabras–. Marta, ¿estás bien?... ¿Marta?

–Necesito que me ayudes, ya no soporto más esta situación.

–Ese cabrón, hijo de...

–No sé qué hacer –la interrumpí y eché a llorar amargamente.

– ¿Lo ha vuelto hacer?

–Sí.

–Tranquila cariño; lo primero que debes hacer es salir de allí cuanto antes. ¿Dónde está Alex?

–Ha ido a una excursión.

–Bien, prepara ropa para los dos y, en cuanto llegue, iros a un hotel fuera de la ciudad. Ese cabrón os buscará aquí y en casa de tus padres. En cuanto lleguéis al hotel, me llamas.

–Hoy no puedo hacerlo, mañana es mejor. Alex no tiene entrenamiento.

–No pierdas tiempo. ¡Marta, sal ya! –insistió. Empezó a hablar sin parar y mis pensamientos volaron a la vida que yo deseaba y que no tenía.

–Debo hacerlo bien; mañana saldré de aquí con todo bien atado, te lo prometo. –Nadie sabía lo del embarazo y así seguiría de momento.

–Marta, por favor. Sal de ahí ahora mismo –me dijo con voz calmada.

Una vez colgué el teléfono, me dirigí a la habitación y empecé a preparar una bolsa para Alex y otra para mí; había que aligerar el equipaje, por lo tanto llené la bolsa con lo más imprescindible. No sabía cuánto tiempo estaría en tierra de nadie, lejos de sus garras y mi incertidumbre perturbaba mis pensamientos. Hacerlo todo hoy es muy precipitado, las prisas, sobre todo en este caso no son de ayuda. Decidí relajarme y mantener el plan original, como hasta el día siguiente no saldría de casa, tenía bastante tiempo para preparar y organizar mi marcha. Había que ir al banco a retirar dinero, por si cancelaba las tarjetas. Mañana, en cuanto estuviera sola en casa, buscaría a Alex al instituto y escaparíamos a una nueva vida. Me felicité al ver que todo marchaba según lo planeado y por una vez, desde hacía muchos años, me sentí segura. Para cuando Alex llegó tenía todo preparado, y una bocanada de aire fresco cargado de esperanzas llenó mis pulmones. Las decisiones marcan el camino en tu vida; no había tiempo para reflexionar y estaba segura de que era la única decisión acertada en estos momentos, por el bien de mis hijos y el mío propio.

La tarde empezó a transformarse en plomo y minutos después, el tintineo de la lluvia golpeaba las ventanas. Todo estaba preparado, una noche más y saldríamos hacia un lugar desconocido, pero seguro. Las molestias de mi embarazo empezaron a ser más evidentes, y mientras me terminaba de poner un chándal y zapatillas deportivas le sentí llegar, por desgracia, casi dos horas antes de lo habitual. No me preocupó de sobre manera, pues todo estaba preparado, ropa, dinero. Le escuchaba proferir insultos y demás hostilidades mientras escondía la pequeña maleta. Había que aparentar normalidad para no frustrar el plan de huida, pensado para la mañana siguiente. Dejé las bolsas preparadas en la parte baja de mi armario, la maleta camuflada en el armario de los abrigos y fui a su encuentro. Cuando salí Alex se encontraba en la entrada del pasillo, se giró y me miró desconcertado. Le hice señas para que se fuera a su habitación y continuara con los deberes y entré en la cocina. Todo debía seguir su ritmo habitual. Yo debía, de alguna forma, intentar que no se percatara de mis planes y actuar como el esperaría que lo hiciera. Insultaba a su jefe, a la empresa, a la mujer de su jefe y a no sé cuántos más. No paraba de despotricar mientras se servía un vaso de whisky y continuaba con más insultos.

La lluvia arreciaba por momentos y la luz de un relámpago a través de la ventana mostró el desconocido espectro en el que se había convertido aquel que un día, juró quererme y respetarme. Tenía el pelo despeinado y conservaba todavía la chaqueta, apretaba de tal forma la botella, que los nudillos se le estaban poniendo blancos. Otro relámpago iluminó su cara, un reflejo del hastío que sentía en ese momento y que yo, miraba ahora con lástima. Ya no había tiempo para miedos, y mucho menos para la esperanza de poder recuperarlo algún día. Esa lucha la perdí hace muchos años. Respiré hondo y decidí aplacarle. Si quería que todo saliera bien, debía jugar bien mis cartas. Empecé a arrepentirme por no haber salido antes de casa como me aconsejó mi amiga.

– ¡Ese maldito hijo de puta! Le he sacado las castañas del fuego estos años y me sale con que no estoy dando lo mejor de mí.

–Pero, ¿qué es lo que ha pasado? –pregunté en vano. Supe de inmediato que ya venía con unas cuantas copas encima.

– ¿Que no doy lo mejor? Joder, que nadie se ha implicado como yo en esta puta empresa, he trabajado como si fuera mía.

–Tranquilízate; intenta relajarte y vamos a ver si podemos hacer algo al respecto.

– ¿Si podemos hacer? Querrás decir si puedo hacer. Te recuerdo que soy yo quien sale todos los putos días a buscar el sustento de esta familia. Tú sólo eres una jodida inútil; tú solo estas aquí para llenar tu culo de grasa, cocinar una comida que ni los perros la comerían y echar de vez en cuando un mal polvo.

Intenté mantener la calma, hice una pausa y no pensé contestar. Y noté que sus palabras ya no me hacían daño, que era fuerte, libre. ¡Qué diablos! Pensé. Era más que el momento idóneo para desfogarme y así tener aún mas fuerzas para largarme de allí tan pronto tuviese la más mínima oportunidad. La lluvia golpeaba con furia los cristales y formaba una terrorífica banda sonora. Di media vuelta mientras le replicaba su comentario y no vi rastro alguno de aquel hombre por el que había estado dispuesta a todo. Era un extraño.

–Si no le gusta nada de lo que hay en esta casa, el señor se puede largar ahora mismo. – Empecé a sentir el valor suficiente para hacer todo lo que debía, por mí, por mis hijos.

No me di cuenta de que me seguía. Ya en el salón me cogió del brazo y tiró de mí. Intentaba zafarme de su mano, aprovechando que en la otra mantenía aferrado su inseparable vaso de whisky. Afuera, las fuertes rachas de viento hacían impactar con más fuerza la lluvia que caía, los hielos del vaso bailaban una asquerosa danza y se limitaban a escupir salpicando de whisky su mano temblorosa. Un nuevo haz de luz mostró una cara perversa que clavaba sus ojos llenos de odio en mí. Pero había llegado la hora y estaba preparada, los días de miedo llegaron a su fin.

– ¡Suéltame! –forcejeé.

–Que estupideces dices, puta. Esta es mi casa. Ahora veremos quién se va y quién se queda.

–Muy bien, pues quédate tú. La que se va ahora mismo soy yo. ¡Alex!

Ante mi llamada, Alex se apresuró a venir al salón. El vaso que tenía en la mano se hizo añicos contra mi cabeza sin apenas darme cuenta. Escuché a Alex gritar desde el otro lado del salón. Me llevé la mano a la cabeza; sangraba. Sentí otro golpe, por suerte menos certero que el anterior. Aun así, caí de rodillas sobre la alfombra, en un lateral del gran sofá. Alex corrió hacia mí para socorrerme.

–Esto no es asunto tuyo –le dijo a Alex dándole una bofetada en la cara–. Vete a tu habitación.

–Déjale en paz –le grité. Vi como Alex retrocedía sollozando, intenté consolarlo pero frenó mis intentos de golpe.

– ¡Cállate de una puta vez o te rompo la maldita boca! –balbuceaba, propinándome una patada en el costado con la punta del zapato que me cortó la respiración. Rodee mi vientre con mis brazos para proteger a mi hijo de otra patada, que por suerte no llegó.

Aturdida después del golpe, me costaba reaccionar y coordinar mis movimientos. La cabeza me latía cada vez más fuerte y el dolor se hacía insoportable. Sentía el calor de la sangre que brotaba deslizándose por mi frente, goteando intensamente y formando un pequeño charco sobre la alfombra. Al ver la alfombra, brotaron recuerdos olvidados de nuestra luna de miel en un crucero por aguas del Mediterráneo; la compramos en un mercado en Túnez. Un tiempo feliz, un bonito recuerdo. Recuerdo que en cuanto la colocamos en el salón, hicimos el amor sobre ella. El dolor se hizo persistente y me hizo abandonar aquel absurdo recuerdo; me llevé la mano a la cabeza, intentando inútilmente atajar ese líquido rojizo que persistía en avanzar hacia fuera. Con la otra mano buscaba un lugar de apoyo donde reunir fuerzas y ponerme de pie. Noté un pinchazo en el costado, pero lo ignoré y seguí levantándome apoyándome como pude en el brazo del sofá.

–A ver si después del día de mierda que he tenido, eres capaz de darme un buen polvo –balbuceaba, desabrochando con torpeza el cinturón de su pantalón.

Poco a poco la niebla de mi lucidez empezó a desaparecer y me di cuenta de la situación. Volvíamos a la batalla de poder, de hacer prevalecer por la fuerza su autoproclamada autoridad sobre mí. Levanté la mirada y vi a mi hijo de pie, en la puerta.

–Alex, vete de aquí. ¡Vete! –grité con todas mis fuerzas.

–No hijo, quédate; así aprenderás a tratar a las mujeres.

–Por favor –susurré con la voz quebrada. Sabía lo que sucedería a continuación, ya había pasado otras veces, pero por nada del mundo permitiría que mi hijo lo viese.

Quedé más tranquila al verle desaparecer del umbral hacia su habitación, al tiempo que sentía cómo la brusquedad de sus manos tiraba del pantalón del chándal y prácticamente rompía mi ropa interior al intentar torpemente apartarla de su objetivo. Atrás quedaron las caricias delicadas, el roce de sus dedos por mi piel que me estremecía. Había desaparecido todo, la pasión, el cariño; el respeto. El tiempo del silencio y la sumisión había terminado, reuní las pocas fuerzas que me quedaban para oponer resistencia, pero las fuerzas me abandonaban poco a poco, hice el intento de incorporarme y su mano aplastó sin piedad alguna mi cabeza contra el suelo. Sentí un pinchazo y un fuerte dolor se apoderó de mí; seguramente tendría algún trozo de cristal incrustado en mi cabeza. Me penetró con brusquedad y empecé a temer por la vida que llevaba en mis entrañas, ajeno e inocente a toda esta barbarie. No podía permitir que nada malo le ocurriese. Hice acopio de todas mis fuerzas, volví a moverme y nuevamente mi cabeza se estrelló contra el suelo. Esta vez, amortiguado levemente por el charco de sangre que se formaba en la alfombra.

– ¡Maldita puta! Quédate quieta, joder. Seguro que te gusta, disfrútalo.

"Una mujer no puede ni debe amar demasiado", pensé. Un pensamiento acertado en estos momentos, un hecho que no fui capaz de llevar a cabo. La muerte me sonríe, me coge de la mano, ya está aquí. Ha venido a socorrerme.

ANOCHECER

Su rostro reflejaba paz, aunque se le notaba un poco nervioso. Las oscuras y silenciosas noches se habían convertido en un autentico calvario; solo quería huir de las pesadillas que le acosaban al caer la tarde. Pero no se puede huir eternamente, y tarde o temprano terminas siendo descubierto por tus miedos. Se le notaba cansado; las noches sin dormir empezaban a pasar factura y dejaban en evidencia el daño psicológico que toda esta historia había dejado pegada a su piel, una historia que se repetía cada día... Cada anochecer.

–Todos los datos sobre este caso han sido expuestos y explicados por diversas fuentes. A los miembros del jurado, les interesa escuchar tu versión de la historia. ¿Podrías relatarnos lo sucedido? –preguntó el abogado asignado para su defensa.

–Sí, señor –se limitó a contestar. Tragó saliva mientras miraba fugazmente a los asistentes en la sala. Sus ojos se encontraron con alguien conocido y asintió ligeramente con la cabeza. Amigos de su familia estaban presentes, pero él no atribuía su presencia como una muestra de apoyo, sino más bien, como un jurado paralelo al ya existente en la sala.

–Bien, cuando quieras.

– ¿Por dónde empiezo?

–Creo que hay suficiente tiempo para escucharte. A todos nos gustaría escuchar lo que solo tú puedes contar, así que puedes empezar por el principio.

–De acuerdo.

Respiró hondo, cerró los ojos por unos segundos y empezó a relatar la historia. Una historia que recordaba a la perfección cada noche al tumbarse en la cama, y que le resultaba poco más que imposible alejarla de él. <<La primera vez que vi llorar a mi madre –comenzó su relato– fue al regresar de las vacaciones de casa de los abuelos, dos días antes de empezar el instituto. "Todo está bien cariño, no te preocupes", fue su respuesta al ser descubierta.

Así era. Todo estaba bien, o por lo menos era lo que yo veía. Mi cabeza estaba en otras cosas: deberes, entrenamientos y partidos, las clases de inglés y los amigos; no sabía lo que ocurría en mi casa. Había visto a mis padres discutir en algunas ocasiones, pero aquella vez fue diferente. No sé si era la primera vez que la había pegado, pero era la primera vez que yo estaba delante>>. Agachó la cabeza queriendo esconderse del recuerdo, se frotaba las manos sudorosas contra el pantalón y cuando levantó la cabeza su tímida mirada buscaba entre las personas asistentes en la sala a alguien que, con una sonrisa, le diera las fuerzas suficientes para continuar con una historia que cada vez hondaba más su solitario corazón. Sus abuelos, los padres de su madre, no acudieron al juicio para evitar revivir ese dolor tan inmenso que, aún hoy, seguían sin superar. No tardó mucho en comprender que se hallaba solo. Continuó despacio. Sus ojos se encontraron otra vez con los del inspector García. Rostro delgado, pálido, y una frente muy pronunciada, seguramente provocada por las entradas. Ojos fríos y serenos, indescifrables. Era tal y como le recordaba y sus palabras volvieron a resonar en su interior: "Tranquilo, todo irá bien". Se revolvió un poco en la silla, y continuó.

<<No recuerdo exactamente por qué empezó la discusión. Solo sé que entre los gritos de ambos, mi padre levantó la mano y abofeteó la cara de mi madre, quien quedó muda en ese momento cubriéndose la cara con las manos y mirando de forma incrédula a mi padre. Él en ningún momento la intentó consolar. Yo quedé petrificado en el umbral de la puerta, y cuando mi padre me vio, hizo un gesto, una especia de mueca con la boca, y salió del salón. A los pocos minutos salió de casa. Mi madre me hizo un ademán para que no me acercara y se encerró en el cuarto de baño. Yo la escu-

chaba llorar desde la puerta, sin atreverme a abrir la boca. No sabía qué hacer ante aquella situación. Al salir mi madre del baño, me encontró sentado en el suelo frente a la puerta. Se agachó para consolarme. Cuando levanté la mirada tenía el lado izquierdo de la cara bastante colorado, yo diría que algo hinchado. Ella le restó importancia.

–Estoy bien, cariño –me dijo.

– ¿Por qué te ha pegado? –le pregunté.

–Tu padre ha perdido los nervios y no ha sabido controlarse, solo eso. Vamos a preparar la cena, ¿qué te apetece?

Esa noche cenamos los dos solos. Para olvidar lo ocurrido mi madre me pidió que le contara otra vez mi excursión, y que si me apetecía repetir la experiencia con ella. Me gustaba esa idea, casi tanto como la pizza. Mi padre no volvió a casa hasta el día siguiente. Cuando entró por la puerta, cargaba un gran ramo de rosas rojas. Me sonrió y me guiñó un ojo. Mi madre se encontraba en la habitación, y yo a punto de irme al instituto.

—Las personas llevan dentro un ser oscuro, una especie de bestia que, puede obligarte a hacer cosas que no quieres. Ayer esa bestia salió sin que yo pudiera evitarlo e hizo daño a tu madre y esta es una manera de decir que lo siento. A las mujeres les encantan las rosas, así que espero que me perdone. Y no te preocupes, esa bestia ya no volverá a salir.

–Mama ha llorado toda la noche. Y parte de la cara se le ha puesto un poco morada.

–No creo que entiendas las circunstancias, hijo. Ahora estoy muy agobiado en el trabajo y ayer reconozco que llevaría un par de cervezas de más. Entre eso y que tu madre tiene la llave para sacarme de quicio... no pude controlarme. No era yo –hizo una pausa–... Te prometo que no volverá a suceder.

– ¿Quieres a mamá?

– ¡Claro que la quiero! Por eso estoy en casa: para pedirla perdón y decirle que la quiero.

Después de hacer las paces con mi madre, se ofreció para acercarme al instituto. Poco a poco fui dándome cuenta de que mis padres se limitaban a discutir desde que mi padre entraba por la puerta. Así pasaron meses, creo que años..., tanto que en la cena de navidad del año pasado también discutieron, y mi padre estuvo a punto de lanzarle la botella de vino. Empecé a sospechar de que todo era motivo de discusión; cualquier excusa era válida para que mi padre empezara a atacar verbalmente a mi madre y muchas veces la sujetaba con fuerza las muñecas y le dejaba marcas. Cuando mi madre entró al salón, se encontró a mi padre esperándola de pie, portando en sus manos un maravilloso ramo de rosas y una inmensa sonrisa. Después se puso de rodillas y le dijo: "Lo siento querida, lo siento muchísimo. Te prometo que no volverá a ocurrir". Se levantó y la abrazó. >>

– ¿Qué tipo de cosas le decía tu padre?

–Pues... - guardó silencio, y pensó que las palabras ya no se quedarían encerradas para siempre, esta vez, debía ser valiente - “Eres una inútil de mierda”, “de todas las mujeres, he ido a casarme con la peor” y cosas como esas –su voz temblaba.

– ¿Solía decirlas con frecuencia?

–Con el nuevo trabajo empezó a descargar su estrés con ella. Era lo que me decía mi madre; que el estrés le volvía agresivo pero que podía controlarse.

–Bien –el abogado hizo una pausa para acomodarse en la silla–. Háblanos de ese día en que tu padre “no pudo controlarse”.

Se restregaba las manos por el pantalón extendiendo sus dedos al máximo, masajeando sus muslos, aliviando el nerviosismo que le invadía. La parte más desagradable de sus pesadillas volvía a resucitar. Podía hacerlo, sabía que podía. Debía hacerlo por él, por su madre.

<<Mi padre llevaba en esta empresa varios años, al principio todo fueron celebraciones por la nueva oportunidad que, al tener él, tendríamos todos. Mi padre presumía de un añadido especial, que la empresa pagaría mi universidad llegado el momento. Al poco tiempo empezaron las discusiones. Mi madre siempre callaba y me decía que ese compor-

tamiento era causado por el agobio del nuevo trabajo y sus exigencias, lo que le mantenían continuamente nervioso. Los años pasaban y la cosa se mantenía. Mi padre nunca encontró el equilibrio y las cosas iban de mal en peor. Y el primer golpe fue la señal. Unos días después de esa última discusión, mi padre apareció en casa más temprano de lo habitual. Estaba borracho. Hacía mucho que no le veía en ese estado. Bueno... desde las pasadas navidades.

Entró dando voces, insultando a su jefe, a la empresa y a no sé cuantos más. Insultaba a todo el mundo. Yo le escuchaba desde la habitación. Mi madre me había pedido que preparara todos mis libros del instituto en dos mochilas, que seguramente me quedaría en casa de los abuelos unos días, ella se había encargado de preparar la bolsa de ropa. Salí de la habitación, y me quedé en la entrada del salón justo cuando dejaba el maletín y el abrigo en el sofá y se dirigió a la cocina. Mi madre salía de su habitación mientras yo permanecía de pie en el pasillo, me hizo señas de que fuera a mi habitación y terminase lo que me había pedido. Me dedicó una leve sonrisa, recogió el maletín de mi padre que se había caído al suelo y le siguió a la cocina. Entré en mi habitación pero no cerré la puerta del todo, desde allí escuchaba la discusión que mantenían en la cocina. Mi padre gritaba muy fuerte. No pude concentrarme en hacer los deberes, así que me dediqué a escuchar. Me senté en el suelo pegando mi espalda a la pared, mientras me esforzaba por escuchar, llovía con mucha fuerza.

La voz de mi padre retumbaba por toda la casa. Hubo una pausa; fue entonces cuando decidí salir de mi habitación. Cuando me acercaba, vi a mi madre atravesar el pasillo en dirección al salón y mi padre la seguía, con el vaso en la mano.

—Si no le gusta nada de lo que hay en esta casa, el señor se puede largar ahora mismo. – le dijo mi madre.

Me quedé en la puerta del pasillo, sólo escuchaba. Tenía miedo, nunca había visto a mi padre así. Tenía los ojos muy abiertos y su cara se deformaba cuando hablaba. Daba mucho miedo.

— ¡Esta es mi casa, y no voy a ninguna parte! - gritaba. Estaba furioso.

—Muy bien, pues quédate tú. – Le gritó mi madre.

Mi madre me llamó al salir de la cocina sin sospechar que estaba en el pasillo, mi padre la agarró de un brazo y la zarandeó. El vaso que tenía en la mano, lo rompió contra la cabeza de mi madre. Yo gritaba desde el otro lado del salón sin atreverme a avanzar, pero nadie me escuchaba. El rostro de mi padre se descomponía por momentos y soltó lo que le quedaba del vaso en la mano. Mi madre se sujetaba al borde del sofá para mantener el equilibrio y se llevó la mano a la cabeza; que empezaba a sangrar. Mi padre le propino otro golpe; mi madre cayó de rodillas. Entonces decidí ayudarla e intentar que mi padre se alejase de ella; pero al acercarme recibí una de sus bofetadas y caí al suelo. Se había vuelto loco. Sentí mucho miedo y no me atreví a intentarlo de nuevo.

La cara me ardía y el dolor era insoportable. Le escuchaba decir algo aunque no lograba entenderlo. Me llevé ambas manos a la cara, mientras sollozaba, quería ayudar a mi madre, de verdad, pero tenía mucho miedo. Entonces vi como mi padre le daba una patada en el costado y mi madre se retorcía de dolor >>.

No pudo contener las lágrimas. Empezó a llorar recordando la impotencia sentida en ese momento. El ambiente en la sala se cargaba de tensión. Una dolorosa historia, un suceso que cada vez se hace más común, pero esta vez contada de primera mano por un adolescente. El jurado palideció ante la escena descrita, y era previsible que dicho testimonio causara en ellos el efecto que el abogado de la defensa esperaba. Los presentes en la sala enmudecieron y sólo se escuchaba como algo lejano, el llanto ahogado de su abuela materna.

–Tranquilo. ¿Quieres beber un poco de agua? –preguntó el abogado; el chico asintió sin vacilar.

Más allá de lo políticamente correcto o del golpe de efecto que quería dar la defensa a favor del chico, una cosa quedaba clara: sería bastante difícil que las personas allí presentes olvidaran esta historia con facilidad. La gente está ávida de dramas, de historias desgarradoras que hagan olvidar sus penosas vidas. Historias que, de un modo u otro, reconfortan a algunos desgraciados al saber que las penurias ajenas son mayores que las suyas propias.

Claro estaba que no es plato de buen gusto tener que escuchar un relato semejante. Y mucho menos, si quien lo relata en primera persona es un testigo tan joven. Alguien dijo una vez que el verdadero dolor es el que se sufre sin testigos. En este caso, el dolor inmenso ataca a plena luz, al testigo de hechos horribles que pueden marcarlo durante toda su vida, sin concederle todavía la más mínima explicación.

– ¿Deseas continuar? –preguntó su abogado y tras mirar un rostro en la cuarta fila, contestó afirmativamente con un ligero movimiento de cabeza. Se sentía respaldado. Respiró hondo y continuó su historia.

<<Tenía mucho miedo, no quería volver a acercarme y lloraba; más que por el dolor de la bofetada, por la impotencia que sentía al no poder socorrer a mi madre. Yo me mantenía agachado cerca de la mesa, mientras, mi madre, hacia por levantarse. Él se le acercó por detrás y tiraba del chándal, ella aun se encontraba de rodillas con una mano en la cabeza y la otra buscando apoyo en el sofá. Mi madre me gritó que me fuera. Que me alejara de allí, vi sus lágrimas cayendo por sus mejillas, mezclándose con la sangre y pensé en socorrerla de nuevo. Pero me suplicó que me fuera, me sentí confundido, no sabía que tenía que hacer. Antes de que se

terminara de bajar los pantalones, yo había salido corriendo a mi habitación y me había encerrado allí. Me senté en el suelo apoyando mi espalda contra la puerta y lloré. No sabía qué hacer. A los pocos minutos escuché un grito, era la voz de mi madre, escuchaba decir algo a mi padre, pero no lograba entender lo que decía. Con todo, no me atreví a salir. La lluvia empezó a golpear con más fuerza los cristales de mi ventana, parecía que nunca iba a dejar de llover. Al cabo de un rato, abrí la puerta de mi habitación y el silencio me producía escalofríos; me dirigí al salón, mi padre estaba recostado en el sofá, dormitando. Mi madre...>>

–Si quieres, podemos hacer una pausa. – Le sugirió el abogado al percatarse que se encontraba bastante nervioso. Era algo normal, se acercaba el desenlace de la historia.

–No hace falta. Estoy bien, puedo seguir. – Se sentía con fuerzas, era su deber. Se lo debía a su madre.

– ¿Estás seguro? No tenemos ninguna prisa y puedes tomarte todo el tiempo que necesites.

–Sí, señor; estoy seguro. –"Esta vez no te fallaré", pensó.

–Bien. Cuando quieras.

Se prometió a si mismo que no lloraría. Había tomado la determinación de ser fuerte en esta situación y, de esa manera, cumplir la tarea inacabada de ayudar a su madre. Tenía que ser fuerte y no llorar; pero las lágrimas no le obedecían y empezaron a salir, mostrando ante el mundo la debilidad del ser que realmente ha sido. Del niño que todavía es. Comprendía que solo era eso, un niño; aunque por un momento se convirtió en un hombre. Esta vez debía volver a ser aquel hombre que una vez demostró ser por un minuto. Se le veía aterrorizado. No por la situación en la que se encontraba, sino más bien porque no sabía cómo explicar lo sucedido. Se frotó las manos en los pantalones y luego las cruzó sobre su torso, intentando conseguir algún tipo de protección. Un conflicto interno empezaba a aflorar en esta parte de la historia pero: ¿dónde están escritos los límites del ser humano, en cuanto a la protección de sus seres queridos? ¿Dónde la protección de los progenitores o, en tal caso, poder ante su abuso de autoridad?

Respiró hondo y continuó: <<Mi madre yacía tumbada boca abajo, entre el sofá y la mesa –prosiguió–, bajo un gran charco de sangre. Mi padre dormitaba en la otra esquina del sofá, aún con los pantalones en los tobillos. Decía cosas incoherentes, sin sentido. Me acerque despacio donde estaba mi madre y la llamaba casi susurrando, para no despertar a mi padre. Empecé a sentir la sangre en mis calcetines. La zarandeaba mientras susurraba, "mamá... mamá...". Un grito seco salió de mi garganta, al comprender que mi madre estaba muerta; un grito que despertó a la bestia. Mi

padre despertó y me mandó a callar, le dije que mamá estaba muerta y me apartó de un empujón.

–Quieres callarte de una vez –dijo entre balbuceos.

–Mamá está muerta –dije.

– ¿Eh?... ¿Muerta? Joder, la muy puta se ha desangrado.

– ¡La has matado! – Mi cuerpo empezó a temblar y apenas podía respirar y volví a gritar- ¡La has matado!

– Yo no he hecho nada; tú no sabes nada. Solo eres un puto crío marica.

–La has matado, cabrón. Voy a llamar a la policía –me levanté y me dirigí hacia el teléfono, dispuesto a llamar a la policía. Me agarró por la nuca y me lanzó hacia atrás.

–No vas a llamar a nadie, marica de mierda. Si no haces lo que te digo, te aplastare la puta cabeza igual que hice con la puta de tu madre, ¿lo has entendido? –Asentí con la cabeza–. Bien, buen chico. Ahora limpia todo este desastre. ¡Vamos, muévete!>>

– ¿Sabía tu padre lo del embarazo? – preguntó.

–No lo sé, señor. Mi madre me hizo prometer silencio. Dijo que ella encontraría el momento adecuado para decírselo.

–Continúa, por favor.

Aunque intentaba con todas sus fuerzas mantenerse sereno, el temblor de sus manos se hizo evidente al levantar la botella para beber agua. Ya se encontraba en el tramo final del camino, solo hacía falta un esfuerzo más.

<<–Me alejé despacio hacia la cocina, mirando hacia atrás las huellas ensangrentadas que dejaba con cada paso. Él se encontraba de pie junto al cuerpo inerte de mi madre, diciendo cosas que no lograba entender. Apenas se mantenía en pie. Empecé a sentir rabia, mucha rabia y no era capaz de controlarla... Una vez en la cocina mis ojos, más que buscar los utensilios para limpiar todo aquello como me ordenó mi padre, se dirigieron de forma automática hacia el porta cuchillos. Algo se apoderó de mí, lo juro. – empezó a sollozar - Por más que intentaba refrenarme, la imagen de mi madre en el suelo bañada de sangre me empujaba hacia ellos. Una bestia dentro de mi me decía una y otra vez: “Debes hacerlo”. Mis lágrimas se secaron de repente y una furia que no había experimentado jamás se apoderó de mí, creciendo con cada paso y envolviéndome cuando empuñé un cuchillo. >>

-¿Este cuchillo? – el abogado enseñó un gran cuchillo metido en una bolsa; todavía conservaba restos de sangre. Lo mostró al joven, al juez y a los miembros del jurado.

-Si señor – lo dijo casi incrédulo, pero sí, ese era el cuchillo. Esa fue el arma elegida por la bestia. Su punta casi podía atravesar la bolsa que lo contenía; su hoja se hacía cada vez más ancha.

– ¿Sabes cuánto mide la hoja de este cuchillo?

–No, señor. - Respondió mientras eliminaba los restos de las lágrimas que se habían saltado la ley de no salir. Empezó a sentirse abandonado, sin caminos a los cuales salir corriendo y escapar de esa pesadilla.

–Veintitrés centímetros –se acercó de nuevo a los miembros del jurado, con la bolsa portadora del cuchillo, luego la deposito en la mesa del juez–. Continúa, por favor. ¿Qué pasó, después de haber empuñado el cuchillo?

<<–Una vez tuve el cuchillo en mi mano, caminé hacia el salón. Observé desde la puerta, con miedo. Mi padre se encontraba de rodillas y, por los sonidos que escuché, creo que estaba llorando. Empecé a llorar otra vez mientras veía el cuerpo de mi madre sobre un charco de sangre, y mi padre parecía llorar arrodillado junto a ella. Por un momento pensé que, quizás estaba arrepentido de lo que había hecho, puede que estuviera dispuesto a que llamara a la policía, puede que no intentara ma-

tarme si lo hubiera hecho. Pero la bestia había despertado y yo no era capaz de controlarla.

– ¿Qué coño estás haciendo que tardas tanto? –gritó.

Ese grito me hizo apretar con fuerza el cuchillo y las lágrimas volvieron a desaparecer. Avancé con paso firme y decidido, justo cuando él se disponía a levantarse llamándome con sus habituales insultos. Le clavé el cuchillo en la espalda. Fue una milésima de segundo. Cayó al suelo profiriendo un grito de dolor que me hizo recordar el grito que hacía un momento se había escapado con la vida de mi madre. La vi allí, tirada en el suelo frío, inmóvil. La bestia me envolvió con su furia, su rabia me impedía respirar. Saqué el cuchillo de su espalda y volví a enterrarlo otra vez. Al sacarlo por segunda vez empezó a girarse despacio. Tuve miedo de que se abalanzara sobre mí y, justo cuando sus ojos se cruzaron con los míos, enterré el cuchillo en su pecho varias veces, hasta que no fui capaz de sacarlo... Quedé sentado, no me acuerdo cuanto tiempo, con la mirada perdida en los dos cuerpos ensangrentados. Uno de ellos todavía tenía clavado el cuchillo en el pecho. La bestia que había entrado en mí se había ido, dejándome completamente solo ante la realidad de haber asesinado a mi padre. Intenté convencerme de que no había sido yo, sino la bestia. Pero nadie creería una historia tan absurda. –Levantó la vista para mirar a la única persona que le daba apoyo–. Me levanté despacio y, sin ningún reparo, arranqué de un tirón el cuchillo y coloqué su punta en mi garganta. Las manos me temblaban. La bestia se había marchado y las lágrimas regresaron. Pensaba que si tuve el valor para clavarlo varias veces en mi padre, tendría el valor para hacerlo una sola vez conmigo. Pero yo no tenía valor, tenía miedo. Las manos me temblaban y el cuchillo empezó a pesar, hasta que mis manos no eran capaces de sostenerlo, menos aún de utilizarlo. Caí de rodillas llorando. Llorando, como un crío marica. Un crío sin valor, solo y asustado. Sé que pasaron horas hasta que decidí llamar a la policía. En todo ese tiempo solo tuve un pensamiento: mi padre nunca más volvería a pegarle a mi madre, a menospreciarla. Y me reprochaba no haberlo hecho antes, antes de que al final acabara con mi madre. Ahora esas pesadillas me persiguen por las noches y tengo mucho miedo... *Tengo mucho miedo* –repitió en un susurro. >>

Un gran silencio se apoderó de la sala. Como si un gran manto los cubriera y los sepultara sin dejar escapar un solo murmullo. El chico mantenía la cabeza agachada y sus brazos alrededor de su rostro, abrazándose a sí miso para recibir consuelo; sus lágrimas caían por sus mejillas. Algunos imitaban esa postura, pues parecían avergonzarse de su condición humana. Otros, miraban al chico de forma alarmante. Entre ellos, el abogado de la acusación, quien aprovechó para atacar.

– ¿Qué me dices de esa bestia que llevas dentro? ¿Crees que volverá? ¿Hay posibilidades de que vuelva? –preguntó.

–No lo sé –respondió secándose las lagrimas.

– ¿No lo sabes? –Puntualizó con una mueca parecida a una sonrisa–. Seguro que continúa viviendo dentro de ti..., seguro que puedes sentirla. ¿La sientes dentro de ti? ¿Están protegidas de tu bestia las personas de tu alrededor?

–No lo sé. Solo siento miedo –dijo en un susurro.

–Perdona, ¿qué has dicho?

–Que tengo miedo –repitió, con un sonido casi imperceptible.

–No he oído bien, ¿has dicho miedo?

– ¡Sí, joder, miedo! –gritó poniéndose de pie de un salto. El grito sorprendió a todos, incluido a él mismo–. Tengo miedo de que vuelva la bestia que me domina, miedo a convertirme en un ser salvaje... Miedo a despertarme por la noche con ganas de matar a alguien. Tengo miedo de convertirme en alguien como mi padre, tengo miedo a poder hacerle daño a la gente que quiero. Me veo cada noche apuñalando a mi padre. No puedo alejar de mí ese sueño, e intenté suicidarme para acabar con todo..., con las pesadillas, con la bestia..., conmigo. No quiero que la bestia salga de nuevo, por favor... por favor, que no salga.

Se desplomó en la silla, llorando desconsolado, cubriéndose la cara con sus manos temblorosas. Todo el mundo callaba. Un suspiro se escapó de los labios del inspector García. Un escalofrío recorría la espalda de los presentes. Muchos contenían las lágrimas, lágrimas de indignación o impotencia, o ambas. Durante la pausa que emplea el jurado para su deliberación, el inspector García salió fuera; cigarrillo en mano meditaba y sacaba sus propias conclusiones. Son muchos años viviendo con el homicidio de primera mano, comiendo con él, durmiendo con él. Se preguntaba en este caso tan peculiar: ¿de quién es la culpa?

La sociedad ofrece el mismo estilo de vida que tenía en su familia. Por una parte, se le acoge, miente y engaña, se le oculta la realidad para, erróneamente, protegerlo. Por otra parte, te odia, te insulta, menosprecia y, en muchos casos, atenta contra tu dignidad y tu vida. Todos llevamos una bestia dentro y tenemos miedo de que algún día pueda salir y dominar nuestros actos, nuestros pensamientos. García sentía salir la suya continuamente. Conocía el sabor amargo y el dolor interno que producía. Él se consideraba afortunado por haber logrado encerrarla durante todos estos años, hasta que murió el mismo día que reconoció el cadáver del asesino de su familia. Solo nos queda la esperanza de tener el valor, la entereza y el respeto por nosotros mismos; para mantenerla encerrada en el más profundo abismo de nuestro ser, para siempre. Pero esta vez, la bestia está dentro de un muchacho.

– ¿Tiene el jurado un veredicto?

–Sí, señoría.

–Adelante.

–"Por el homicidio en primer grado, con la atenuante de homicidio involuntario fruto de enajenación temporal, declaramos al acusado... Inocente –un leve murmullo inundó la sala–. Recomendando su ingreso en un centro especializado, para verificar su estado mental. Recomendamos también libertad vigilada hasta la mayoría de edad, donde se revisará por medio de un médico especialista su estado y así su progresiva reinserción a la sociedad".

Cuando levantó la mirada buscando el rostro del inspector no lo encontró. De esa manera, con años de tratamiento encerró a la bestia sin dejarle tan siquiera gritar. A los pocos años de hallarse en el océano, solo, empezó a darse cuenta de la realidad. El pez grande siempre se come al chico, aunque el pez grande no se vea arrastrado por una bestia. Decidió no ser más un pez chico, tenía que encontrar la manera de transformarse y así lo hizo.

<<Los años pasaron lenta y amargamente. Mis abuelos habían vendido todas las propiedades de mis padres, en un intento de pagarme la mejor asistencia posible, para olvidar así todo lo sucedido. Buena parte del dinero se malgastó en ayudar a otros miembros de la familia, puede que con el pensamiento de que yo sería un caso perdido. De repente me encontré solo en un gran océano en el que nadie socorre a nadie. Busqué la forma de so-

brevivir, teniendo bien presente que la bestia no debía aflorar de nuevo bajo ningún concepto. Algo me decía que se mantenía oculta, que no se había marchado. Empecé a consumir y a traficar con drogas más o menos al año de que me quitaran la libertad vigilada. Las cosas marchaban bien, utilizaba mi trabajo de camarero como tapadera. Hasta que un día...

– ¿Puedo invitarte a tomar una copa? – pregunté sin vacilar.

Desde esa noche, mis sueños cambiaron; mi vida también. Solo que no supe encontrar el camino y dejar el mundo en el que estaba metido. Fui incapaz de afrontar la realidad y no pude salir del mundo en el que había entrado, para dejar de ser un pez chico. Nunca es tarde dicen algunos, pero para mí; el miedo a seguir siendo un pez chico me devolvía la imagen de un adolescente, con un cuchillo ensangrentado entre sus manos. No he podido olvidar quien era; ahora, no sé tan siquiera quien soy. Alejandro, me llamaba mi padre. Decía que tenía que estar a la altura de ese nombre. Mi madre en cambio, me llamaba Alex. Y ese soy yo; siempre lo más lejos posible del recuerdo de mi padre. Yo, Alejandro Martínez Vidal, convertido en Alex; un pez grande dispuesto a comerse al chico>>.

AMANECER (II)

Salió antes de que se dictara sentencia. Era suficiente, y decidió cerrar el capítulo de esa historia sin ir más allá. Se fue a su despacho, un cubículo separado por un par de mamparas de cristal. En una lateral, colgaba un calendario de los hermosos paisajes de su pueblo y tachones de rotulador sobre los números; no había fotos de la familia, no había nada que hiciera pensar que fuese una persona con sentimientos. Las mesas adyacentes estaban plagadas de fotos familiares, niños sonrientes y algún que otro dibujo gracioso donde se podía leer con dificultad: "Te quiero papito". Eso sin contar el póster de Miss Julio en bikini o un calendario de "Mis vecinitas", curiosamente en la mesa del agente Pérez.

Después de revisar algunos archivos de casos por asignar, sacó una carpeta del último cajón de su mesa; sacó un cigarrillo y se lo colocó en los labios sin encenderlo. Unas pautas de conducta que según decía él, disminuía el consumo y a la vez, controlaba el ansia de fumar. Se recostó en su sillón lentamente, sin apartar los ojos de la pequeña carpeta y se aflojó la corbata. Tras una minuciosa observación y con igual lentitud, alargó el brazo para cogerla. Cerró los ojos unos segundos y respiró profundamente; se inclinó sobre la mesa y la abrió. En ella se encontraba una fotografía, recortes de periódicos y papeles de todo tipo. En la fotografía se veían tres personas sonrientes. Se le veía más joven, también con unos kilos más en comparación con su aspecto actual. Si, en la foto estaba él, su mujer Leticia y su pequeño hijo Juan a punto de cumplir su primer año, formaban el trío sonrisas, como dijo en una ocasión su mujer al entregarle aquella fotografía. Miró de soslayo toda la oficina. Hoy el personal se había marchado pronto, y hasta donde alcanzaba su vista se veían tres o cuatro cabezas sumergidas entre papeles. Empezó a ojear todos los recortes de prensa. Todos hablaban de lo mismo, un desafortunado accidente; de las víctimas mortales implicadas en él y del joven conductor borracho; el juicio y su incomprensible reducida condena. Una diminuta lágrima hizo acto de presencia pero no se atrevió a descender, dejando suspendidos de esa forma el recuerdo, el dolor y el definitivo paso a una nueva vida.

El dolor que sentía le hacía cada vez más duro al exterior, cada vez menos humano. La búsqueda de su asesino había terminado y, poco a poco, su vida no tendría mucho significado. Minutos después había guardado todo tal y como estaba y devolvió la carpeta al último cajón de su mesa. Ese sería su lugar hasta que se fuera a casa definitivamente.

–Caso cerrado, García –dijo en voz baja al tiempo que cerraba el cajón–; caso cerrado.

A partir de ese día se sintió un poco más libre y, a la vez, más viejo. Su bestia interior murió el día en que un chico había reclamado para sí la sangre de un asesino. Esa tranquilidad le acompañó durante casi una década. Faltando poco más de un año para jubilarse, decide llevar su último caso personalmente. El director estaba empeñado en sacarle de las calles, pero era imposible lidiar con él. Era claro que estaría en las calles buscando asesinos hasta su último día en el cuerpo de policía. Era inevitable que no se lo tomara como algo personal, después del infierno en que le había tocado vivir. Las fuerzas renacieron en él nuevamente al conocer los datos del nuevo caso; conductor borracho, víctimas... La historia se repetía, pero esta vez él llevaría las riendas que conducirían al asesino a su justo lugar antes de dejarlo definitivamente.

LA DESPEDIDA

Una tarde de abril recibí un mensaje. "Estoy en el hospital, por un intento de suicidio". La oscuridad más absoluta invadió mi alma. Desesperado y angustiado la llamé, pero no podía hablar; una sonda en la nariz se lo impedía. Le pedí que me contara lo que pasó, qué había ocurrido para que se encontrase en esa situación. El siguiente mensaje me llenó de rabia. "Mi novio me ha dejado, llevo meses en depresión, y ahora le resulto una molestia". Apreté con fuerza el aparato con ganas de estrellarlo contra el suelo. Me sentí culpable; sí, culpable. Algo había fallado y empecé a revivir nuestra breve historia, para buscar la causa que me había separado de ella y no estar ahí para impedir que perdiera la ilusión por la vida. Me sentí culpable por no cuidarla, hacerla ver que cada día era una oportunidad para disfrutar con ilusión las miles de sorpresas que estaría dispuesto a brindarle y no renunciara nunca a esa hermosa sonrisa. "Me quitan el teléfono, tengo que dormir un poco".

Se despidió dándome las gracias por estar ahí, a pesar de todo.

Esa tarde, mi mente empezó a revivir cada momento. Ha pasado mucho tiempo, pero lo recuerdo muy bien... — ¿Estás lo bastante loca como para quedar ahora y tomar algo conmigo? Fue el mensaje que envié a su teléfono móvil, a las once de la noche; recibí una llamada por respuesta.

–Hola.

–Hola –contestó–. ¿Y eso de quedar ahora?

–No lo sé –dije, conteniendo la emoción que me provocaba escuchar su voz–. Creo que sería una buena ocasión para conocernos en persona, tomarnos algo y a casa prontito, que mañana hay que trabajar.

Era miércoles, dos de agosto; nunca olvidaré esa fecha. Nos conocimos en una página de Internet, y entablamos una conversación más o menos continua, Nos veíamos pero siempre a través de la pantalla y poco a poco surgió alguna que otra llamada. Había llegado el momento de dejar de vernos a través de las fotos. Ese día, me decidí a jugar todas mis cartas, no tenía nada que perder y aposté por volver a ilusionarme otra vez.

–Pero, ¿dónde iríamos? –Preguntó- A estas horas y un miércoles no se me ocurre ningún sitio.

–A cualquier terraza, es solo tomar algo y a casa, mañana hay que trabajar. Puedo pasar a buscarte, estaría en tu barrio en veinte minutos. Si te apetece, claro. O podemos dejarlo para otro día.

Se produjo un silencio, en el que mi imaginación la visualizó sentada en el sofá, con los pies subidos en el sillón y su pijama de verano, mando distancia en mano bajando el volumen de la tele y cara de sorpresa, intentando asimilar el encuentro con alguien a quien solo había visto por video chat y fotos y que le propone, de repente, al filo de la media noche, quedar para verse por primera vez. Claro que es de locos pero a mí, locuras me sobran. Estaba impaciente por saber la respuesta. De repente, sentí mi corazón querer salir de mi pecho.

–Muy bien –dijo, y me volvió su imagen sonriente, mientras se levantaba del sofá–. ¿Conoces mi barrio?

–Sí –respondí–; estoy trabajando cerca de allí.

– ¿Sabes dónde está la comisaria de policía?

–Sí.

–Bien, quedamos allí en media hora.

–Allí estaré.

Me temblaban las manos; no podía creer que fuera a verla esa noche. Tardé unos segundos en controlar la emoción después de su respuesta. Mientras me dirigía al lugar de encuentro, intentaba encontrar mentalmente el mejor sitio para sentarnos y hablar. Sinceramente, no se me ocurrió ninguno, así que dejé que el destino me diera a elegir una vez llegado el momento. Las noches de agosto en Madrid son mis favoritas. Hay pocos coches circulando tanto de día como de noche, y los paseos nocturnos son más agradables. Al llegar, salí del coche impaciente por verla. La temperatura era ideal para estar en la calle. Barajé la opción de, quizás, dar un paseo por el centro de la ciudad; es la mejor época. A los pocos minutos, la vi acercarse con paso ágil, seguro. Llevaba unos pantalones blancos y una camiseta de tirantes acompañada de una fina chaqueta. Caminaba con paso decidido, confiada, tranquila. Mientras más se acercaba, mi corazón aumentaba la velocidad de sus latidos. Su sonrisa era mágica. Nos saludamos y, al besar su mejilla, un aroma suave conquistó mis sentidos; desde ese momento, deseé recorrer todo su cuerpo con mis labios.

Nos subimos al coche sin dejar de dirigirnos miradas, mientras hablábamos y sonreíamos tontamente. A todo esto, todavía no tenía claro dónde la llevaría salvo una cosa: la quería tener muy cerca y durante tanto tiempo como fuera posible. Llegamos a un disco-bar, pedimos de beber y nos sentamos a charlar. No apartábamos la vista el uno del otro, recorriendo cada contorno, cada gesto. Nos levantamos de la mesa al cabo de un rato y nos acercamos a la barra para pedir la segunda copa; la mía, esta vez, sin alcohol. Fue entonces cuando realmente estuvimos cerca. La miré a los ojos, me acerqué despacio y le dije algo al oído.

De la misma forma en que se sujeta una flor entre las manos, así la abracé en ese momento; suavemente, con ternura, con miedo a romperla. Me correspondió con un abrazo fuerte, intentado con ello que no me apartase en ese momento de su lado. No recuerdo cuánto tiempo estuvimos así; lo que sí recuerdo es que no quería soltarla. Lo más curioso de todo es que, después de los años, sigo con la sensación de querer abrazarla y no soltarla. Mientras la música seguía animando a los que allí se encontraban, muy despacio empezamos a separarnos, y nuevamente nuestras miradas se cruzaron. En un lugar lleno de gente, solo estábamos ella y yo. Entonces, la besé. Un beso dulce, lleno de ilusión, un beso que perdura en mi memoria como aquella noche, un beso que grabó en mi alma su nombre, un beso que me hizo volver a creer en el amor.

Después de muchos besos, me pidió salir fuera; dentro había ya mucha gente y el calor era un poco agobiante. Nos apoyamos en el coche y seguimos regalándonos besos, le abrí la puerta y se sentó. Empezamos a hablar nuevamente, sin ruidos ensordecedores, con calma, olvidándonos completamente del tiempo, el cual seguía implacable marcando el paso. Nos contamos secretos, miedos, sueños y esperanzas; acabamos de vernos por primera vez y parece como si nos conociéramos de toda la vida.

–Creo que es hora de irnos, princesa –le dije mientras miraba el reloj; eran las cinco y treinta y tres–; que mañana hay que trabajar. Bueno, dentro de un rato.

Una increíble sonrisa apareció en su cara, devolviéndome las ganas de abrazarla y besarla, sin encontrar el momento de terminar con tan maravillosa noche.

–Y nos queríamos ir pronto a casa... –dijo entre risas.

Me acerqué rodeándola con mis brazos suavemente y la abracé.

–Me alegro de que no. – dije mirándola fijamente.

–Yo también.

Y la besé nuevamente. Con el sol asomando por el horizonte, la dejé en su casa. Exhausto, me fui a trabajar; aunque arrastraba el cansancio en cada paso, pasé todo el día caminando entre nubes. Los días pasaron rápidamente, entre mensajes y llamadas, visitas cortas para sentarnos en el parque a charlar de nuestras cosas. Le preocupaba que las cosas fueran demasiado deprisa. Yo le respondía que las cosas siguen su curso, y si ha de ir todo a esa velocidad, sería por algo; pero si quería reducirla, estaba en sus manos hacerlo. Nunca hizo el menor intento por llevarlo despacio. Ambos nos rendimos al ritmo que nos empujaba la vida. Somos jóvenes y estamos vivos. Ajeno a lo que pasaría días más tarde, nos vimos un domingo por la noche. Compramos algo de beber y de picar, y nos sentamos como siempre a disfrutar de la noche en el parque. Nunca pensé que sería la última vez que la abrazaría, y que un simple beso marcara la despedida. Una despedida que, hasta hoy, ha dejado un gran vacío en mí.

– ¿Te pasa algo, cariño? –pregunté, al sentirla llorar, cuando descolgué el teléfono. Era incapaz de articular palabra y le pedí que se calmara y me contara lo que pasaba.

–Es mi madre –dijo entre sollozos.

– ¿Qué le ha ocurrido a tu madre?

–Van a operarla del corazón. Estoy muy asustada.

–Tranquila, cariño. Ya verás como todo sale bien, no hay de qué preocuparse.

El saber que me tenía cerca la tranquilizaba. Fue prácticamente imposible vernos en los días siguientes pero, al otro lado del teléfono, sin importar la hora, estaba yo y ella lo sabía. Hablábamos varias veces al día y me contaba como había transcurrido su jornada. Me pidió espacio para ocuparse de su madre y así lo hice. Entretanto, mi corazón empezó a quererla poco a poco. Afortunadamente, todo salió bien. Bueno, no todo.

El cruel destino daba zarpazos implacables a nuestra relación. Hacíamos planes para comer en unos días y buscar un hueco donde dejar esas amarguras pasadas. Cuando todo empezaba a restablecerse y en pocos días retomaríamos nuestra historia, mi ex entró en escena. Celos, despecho, no sé por qué, arremetió primero contra mí; al no obtener resultados, arremetió contra ella. Supongo que la encontró débil y cansada después de haber pasado por la operación de su madre; se rindió y no quiso luchar. El corazón se me desvanecía al escuchar su voz, toda aquella magia se estaba convirtiendo en humo, en algo que se me hacía imposible de sujetar. Al ver la situación, intenté luchar por los dos. Entré en una batalla sin armas ni armadura, fui a una lucha para la que no estaba preparado y, al final yo también me rendí. Aunque nunca perdí la esperanza de que nuestros caminos se cruzasen otra vez.

Todos los días, pedía al cielo poder encontrarme con ella o simplemente verla. Me di cuenta de que empezaba a quererla, sin tenerla. El dolor que sentía por su ausencia crecía al mismo nivel que mi amor, y el deseo de abrazarla consumía mi alma. Los días se convirtieron en años y yo, incapaz de mirar hacia otro lado, la seguía buscando entre la multitud, sin el resultado deseado. Un día recibí un correo en el que me deseaba todo lo bueno y me enteré a través del mismo que tenía pareja. Sentí una mezcla de rabia y envidia al no estar en el lugar de la persona que tenía lo que yo, con tanto anhelo, deseaba; el vacío en mi alma se hizo aún más grande. Sin embargo, le deseé que la hiciera feliz y fuera digno del maravilloso ser que yo soñaba rodear con mis brazos, aunque solo fuese una vez. Lo curioso del amor es que, sin importar que te cause dolor, quieres que la persona que amas sea feliz, aunque el afortunado de su amor no seas tú.

Los meses pensando en ella seguían acumulándose en mi corazón, conservando la esperanza de, por lo menos, verla. Solo verla, nada más. Caprichoso como siempre, el destino me llevó curiosamente a comer con mis compañeros a un restaurante que hacía bastante tiempo que no frecuentaba. El restaurante, ubicado en su barrio, me proporcionaba la ligera esperanza, de verla aparecer por la puerta. Después de comer allí innumerables días, sin resultado alguno, ese día mantenía viva la esperanza de verla como el primero. Todos los ángeles del cielo aplaudieron al unísono, igual que mi corazón, al verla entrar. Quedé paralizado; siendo capaz únicamente de mirarla, no logré detener el tiempo y recrearme mirando su rostro despacio, grabando aquella imagen en mi corazón, como lo hice el primer día. Sin embargo, no existía nada mas en aquel salón, lleno de gente, ruidos y la conversación de mis compañeros, la cual lógicamente, no escuchaba. No podría describir la sensación que sentí al notar que el agujero en mi alma empezaba a cerrarse, mientras ella se acercaba… y pasaba de largo cerca de mí, dedicándome alguna que otra mirada con una mezcla entre sorpresa y duda.

Iba acompañada. Esa fue la razón de que no me acercara a saludarla. Deseé con todas mis fuerzas cambiarme por él, pero estaba claro que el destino lo que quería, era burlarse de mi nuevamente. Ese día le envié un correo contándole lo feliz que me sentía por haberla visto, y que volvía a desear verla muy pronto. Pasó casi un año hasta que mi deseo se hizo realidad. Por desgracia, tras su paso por el hospital.

Nuestro siguiente encuentro fue para ver cómo mejoraba después de todo aquello. El coctel de antidepresivos la tenían en un nivel de euforia que me dejó pasmado, pero la veía sonreír; no paraba de sonreír y eso me llenaba de serenidad. Estaba dolida por no comprender la situación, mientras que yo estaba dolido porque le habían hecho daño, habían dañado a una persona que solo sabe dar amor en cada gesto. Yo lo vi el primer día que mire sus ojos; él, en todo ese tiempo, no se percató de que tenía delante a la más preciosa de las piedras, en todo su esplendor. Hice un esfuerzo increíble por contenerme; deseaba abrazarla, hacerla sentir segura entre mis brazos, susurrarle al oído que nada ni nadie, volvería a dañarla. Era incapaz de apartar la vista de ella un segundo. Temía que si lo hacía, se esfumaría, como los miles de sueños en que la tenía delante. Hace tiempo que no sé de ella. Solo deseo que esté bien y sea feliz.

Antes que tocar su cuerpo, quería tocar su corazón. Esa fue la razón por la que nunca le dije que me moría de ganas de recorrer despacio, con mis besos, todo su cuerpo. Hoy, después de tanto tiempo, sigo muriendo por ella. El simple roce de su piel me hacía estremecer, y me sentía capaz de grabar su nombre en una estrella. Desde el primer momento en que la vi supe que no desearía hacer el amor con nadie, más que con ella. Ese ha sido mi mayor secreto, hasta hoy. Confesándolo ahora, firmo así mi despedida. Donde dejo aquí el pasado y salgo en busca de un futuro que me ayude a ser feliz sin ella. Allí donde me encuentre, te enviaré mis felicitaciones cada catorce de octubre; levantaré mi copa y brindaré por ti, la mujer que anhela mi corazón. Viviré el resto de mis días deseando tus besos, deseando tu cuerpo y, aun en sueños, buscando tu amor.

Siempre cuidaré de ti. Por muy lejos que esté, estaré muy cerca de ti. La Gracia, el Encanto, el Madrigal y el Amor formaron tu nombre. El Sol prestó su brillo a tu sonrisa; la Luna, el resplandor a tus ojos. En tu corazón se refugió la ternura; en mi cabeza, la locura de morir por la rosa de tus labios.

"No dejaré de quererte, solo me acostumbraré a vivir sin ti. Solo fuiste mía en sueños, solo en sueños viviré. No olvides nunca, ni por un segundo, que eres especial. Que mi estrella ilumine tus sueños". Nadie vino a despedirme, me fui sin decírselo a nadie. Subí al avión sin mirar atrás dispuesto a empezar una nueva vida, sin saber tan siquiera si tendría ganas de volver. Me alejaba de todo, con la esperanza de olvidar que mi corazón se quedó anclado en un lugar de Madrid.

EL TERCER POEMA

Pasó más de un mes, hasta que pude visitar su tumba. Lo hice el mismo día que salí del hospital. Me costó un poco encontrarla. Cuando lo hice, mis lágrimas empezaron a deslizarse por mis mejillas. Me abandonaron las fuerzas, y caí de rodillas ante la tumba de una encantadora muchacha de ojos color miel y una sonrisa única. Una muchacha que me había robado el corazón desde el primer día, y a la que habían arrebatado su vida, sus sueños, todo. Saqué del bolsillo de mi pantalón un trozo de papel donde una noche en el hospital había escrito el Tercer Poema. Sequé mis lágrimas mientras el viento me traía de la lejanía el cantar de un pájaro. Acaricié la fría piedra que llevaba su nombre, y me sentí transportado al momento en que la vi por vez primera.

La conocí una mañana a principios de julio, de camino al nuevo trabajo. No vivía allí. Cambiaba de autobús en aquella parada, donde el destino cruzó nuestros caminos. Vestía de forma casual: unos vaqueros negros y una camiseta verde de manga larga, aunque la llevaba remangada hasta el codo. Tenía una especie de dibujo tribal entrelazando el negro y el dorado, y se le ceñía al cuerpo de forma espectacular. Llevaba el pelo en una coleta y su rostro resplandecía, lleno de vida, supongo que como solemos estar todos tan pronto llega el verano. Creo que todos sacamos a relucir nuestra mejor cara; bastante diferente a la triste y opaca que se nos queda en los días de invierno. Pero ella, pensé para mí, luciría esa hermosa cara incluso los días más grises del año, sus ojos transmitían luz, alegría, vida. Unos ojos que me cautivaron desde aquel instante. Me noté nervioso, deseaba saber dónde bajaría. Sin apenas darme cuenta, había llegado a mi destino. Bajé del autobús dedicándole una rápida mirada. El resto del día lo pasé rememorando cada rasgo de su cara, pasé todo el día pensando en ella y sin darme apenas cuenta, ya era hora de irse a casa. No coincidimos a la vuelta, así que debía esperar a la mañana siguiente. Los nervios me recorrían por todo el cuerpo.

Algo había de especial en esa chica, algo que me impedía pensar en otra cosa. Su cara me acompañaba cada vez que cerraba los ojos. Esa noche cogí papel y lápiz, y empecé a escribir. No soy poeta ni mucho menos, pero he de confesar que la poesía siempre ha estado presente en mi vida. Recuerdo haber escrito algún que otro poema cursi al empezar el instituto. Lo típico, cosas de críos. Recuerdo libros de poesía en clase de literatura en el instituto, lectura obligatoria. Y por supuesto están Antonio y Rosa, que escribieron libros de poesía y acudí en varias ocasiones a sus recitales. Lo dicho, prefiero la ciencia ficción.

Nunca había escrito nada a nadie y menos a quien ni siquiera conozco. Pero había que romper el hielo de alguna manera. Con la inspiración de sus ojos dejé que el lápiz acariciara el papel, y así nació el Primer Poema.

"Pensando en ti".

Daría muchas cosas por tener de un poeta el alma, escribirte versos de amor y escuchar cuando tu corazón me llama. Siento cómo se desliza la tinta por el papel y, pienso en ti; imagino mis dedos recorriendo tu cuerpo pero no estás aquí.

Solo deseo seguir pensando en ti...

Sé que puede parecer cursi, pero, ¿quién no se ha sentido con ganas de escribir un poema? A la mañana siguiente, llegué con antelación, no fuera a perder la ocasión de verla de nuevo. Dejé pasar mi autobús y empecé a notar cómo las mariposas revoloteaban en mi estómago. Pararon dos autobuses y mi corazón dio un vuelco, ahí apareció ella, tan bella como la recordaba. Hoy llevaba un vestido gris, con una especie de triangulo equilátero negro abrazándola por el lateral derecho. Nuestro autobús llegó al cabo de un minuto y empezamos a subir, la miraba con disimulo, pero los hombres no sabemos hacer eso, así que intente no parecer demasiado atrevido.

Me quedé a escasos centímetros de ella, separados por un par de pasajeros que al igual que nosotros, íbamos de pie cerca de la puerta de salida y me planteaba si sería prudente abordarla o no. "La prudencia nunca ha sido de gran ayuda", me dijo una voz interior. Justo antes de llegar a mi destino, me acerqué a ella. Mi cuerpo entero era un almacén de nervios, miedo y vergüenza. Respiré hondo y tomé la decisión sin hacer caso a la prudencia, al fin y al cabo, la prudencia no me había dado buenos resultados años atrás. Así que tocaba cambiar de estrategia.

–He escrito esto para ti –dije, sonriendo e intentando mostrarme lo más natural posible. Pero en mí no había nada que actuara de forma natural en esos momentos–. Que tengas un buen día.

Tendió la mano y lo cogió, quedándose –no es para menos– un poco sorprendida. Se abrieron las puertas y bajé del autobús. Sentía cómo el aire regresaba a mis pulmones, esperando componerme antes de girarme para verla. Me di la vuelta cuando el último pasajero bajaba, y me quedé de pie, mirándola y vi cómo algunas personas me miraban con una sonrisa que reflejaba, creo yo, complicidad por lo que acababan de ver. Me pareció verla sonrojarse. Las puertas se cerraron y el autobús la alejó de mí. Mi yo interior lo celebraba, aunque fue una celebración bastante corta.

¡Es viernes!, me sorprendí a mí mismo. Tardé en darme cuenta de ello, no volvería a verla hasta el lunes. No pregunté su nombre, no le dije el mío. Ni siquiera anoté al pie de página mi número de teléfono; no pude evitar enfadarme conmigo mismo. Ya no había nada que hacer, salvo esperar al lunes. Ese fin de semana, sorprendentemente, no me apetecía salir de casa, así que aproveché para hacer limpieza y todas aquellas tareas que se supone no hacemos los chicos solteros que vivimos solos. El sábado no se estiró mucho, la verdad, pero pude hacer bastante. Después de la siesta puse música a todo volumen y decidí acabar con la montaña de ropa que tenía pendiente de planchar. Me auto convencí de que no era necesario planchar las sábanas y las toallas, total, yo no me iba a quejar por ello. Por la noche encargué unas pizzas y me di una sesión de pelis de terror. Domingo por la mañana, como siempre, toca jugar al baloncesto con los amigos, y por la tarde decidimos quedar para tomar algo en la Latina. No hice alusión al respecto de la chica que me invadía los pensamientos cada minuto. En cuanto cayó la noche, ya en casa, me armé de paciencia y esperé a poder verla a la mañana siguiente. Estaba deseando que saliera el sol, pero mi cuerpo tenía otros planes. ¡Me quedé dormido! Soy un caso sin remedio. Me vestí rápidamente con la ropa que había preparado la noche anterior. Unos pantalones negros y una camisa azul celeste remangada hasta los codos y salí corriendo de casa, rezando para llegar antes de que ella cambiara de autobús. La vi de pie en cuanto giré la esquina y dejé de correr para no parecer desesperado, aunque la desesperación estaba por encima de mi ropa. Lo bueno de hacer deporte es que la fatiga por la carrera es menor cuando se está acostumbrado. Hoy llevaba el pelo suelto, unos vaqueros azules muy claros y una camiseta morada con unas palabras en inglés –*Test my kisses*– rodeada de labios de diferentes tamaños y colores. "¡Yo quiero! ¡Quiero probar tus besos!", gritaba mi yo interior mientras me acercaba.

– ¿Te ha gustado? –le pregunté, acercándome despacio por detrás.

Naturalmente, ella se sobresaltó un poco. Se llevó una mano al pecho mientras sonreía y me dedicaba una mirada que me paralizó el corazón.

–Sí, es muy bonito –respondió, aún con la mano en el pecho- ¿Escribes poesía?

–Me gusta la poesía, aunque no recuerdo la última vez que escribí un verso. Digamos que esto, me lo ha susurrado una musa. Siento haberte asustado.

–No pasa nada –retiró la mano del pecho y se acomodó el bolso–; me asusto fácilmente.

Subimos al autobús. Nos quedamos de pie, cerca de la puerta trasera.

–Soy Roberto –dije, sin apartar ni un momento mis ojos de ella. Debía ir a por todas.

–Yo, Alicia –contestó. Se colocó el pelo detrás de la oreja, agachando un poco la mirada y dejando ver unos pendientes más frecuentes en niñas de ocho años.

–Las mariquitas son adorables –fue lo único que me vino a la cabeza. Ella sonrió.

–Gracias –susurró–; me gustan las mariquitas.

No hablamos mucho; aun así, el trayecto me pareció más corto de lo habitual. Nos mirábamos durante largo rato, sin decir nada. La verdad es que no me apetecía hablar allí; simplemente la miraba, guardando en mi cabeza cada rasgo de su rostro, cada sonrisa. Me gusta mucho. El autobús se detiene y yo me tengo que bajar. Me arriesgaría a llegar tarde, pero tal y como están las cosas en la empresa no sería una buena idea.

–Ha sido un placer, Alicia. Espero verte mañana –le dediqué una sonrisa y bajé del autobús.

–Hasta mañana –dijo devolviéndome la sonrisa.

Los días pasaban rápidamente entre comentarios, anécdotas y risas. Empecé a aceptar no tenerla los fines de semana, pero confiaba en que las cosas iban bastante bien y que no había motivos para correr. Me comentó que trabajaba en una especie de fundación privada que asiste a pequeños inversores o algo así y que se sentía muy bien trabajando allí. Yo le hablé de lo aburrido que es el trabajo de asesoramiento a pequeñas empresas y autónomos, pero que a pesar de la crisis y como están las cosas, nos vamos manteniendo a flote. Le dije que me gustaría tener su número de teléfono, y me contestó que ya se verá. No sé como encajar esa negativa, pero me gusta muchísimo, me gusta de verdad. Una mañana que auguraba un día caluroso la sorprendí regalándola una rosa y me miró con desconcierto.

–Hace hoy un mes, que te vi por primera vez –dije.

–El tiempo pasa muy deprisa –dijo, acercando la rosa para olerla–. Es preciosa, gracias.

Dos días más tarde, me pidió que la fuera a buscar a su lugar de trabajo, a lo cual yo acepté gustosamente. Creo que nunca he estado más pendiente del reloj en toda mi vida. Yo estaba a unas catorce paradas desde el punto de inicio en que nos encontrábamos cada mañana; ella, en cambio, estaba casi al final de la ruta. Esperé pacientemente a que saliera, mientras mi cabeza no paraba de sugerirme ideas, las cuales, descabelladas por cierto, no terminaban de convencerme. Decidí poner mi mente en blanco y que las cosas salieran por si solas. Mientras debatía con mi yo interior lo que era más oportuno hacer o decir, la vi salir, dedicándome una de esas sonrisas que me encantan. Caminamos hasta la parada y, una vez allí, la cogí de la mano y, sin vacilar ni un instante, la abracé y hundí mi nariz en su pelo. "No hay tiempo para miedos", me dije. He deseado tanto abrazarla que me parece increíble estar haciéndolo.

–He deseado abrazarte desde el primer día en que te vi –susurré–, y no me apetece nada de nada soltarte.

No dijo nada. De repente sentía que me empezaba a abrazar fuerte. Nunca me había sentido como en aquel momento. Nos separamos como en cámara lenta y tras miramos un segundo, sucedió. Nos besamos lenta, dulce y apasionadamente. El tiempo dejó de existir. Y mi yo interior metía en el cubo de la basura a la prudencia y a unos cuantos brotes de miedo. Me sentí libre, dueño del cielo, y en ese momento comprendí que mi vida le pertenecía completamente. Me he enamorado otras veces, lo que se dice enamorado, como todo el mundo, supongo. El amor de adolescencia en el instituto, no es que se le pueda llamar amor; pero lo que ahora siento, lo que llevo atesorando en mi pecho cada segundo que estoy con ella, me hace sentir especial. Si el amor te hace sentir eso, entonces estoy enamorado. Me quedé con ella en la parada hasta que llegó el autobús, aprovechando cada segundo para abrazarla y besarla. Acordamos vernos al día siguiente en el cine.

Cada cosa que descubría de ella me acercaba más y tener algunas cosas en común, siempre hace más placentero el camino. Le atrae más el cine de intriga que las comedias románticas o los dramas. Creo que nos vamos a entender bastante bien, aunque discrepemos en alguna que otra película. Una chica verdaderamente interesante. Sus gustos cinematográficos iban desde Woody Allen, pasando por Tarantino y desembocando en el cine más tradicional e independiente.

Al llegar a casa, la felicidad no cabía en mí. Empecé a dar vueltas por toda la casa sin saber qué hacer, y al mirarme en el espejo mi imagen reflejada me mira con una sonrisa triunfal, radiante. Pensar en ella me hace sentir vivo; estar con ella simplemente me llena de ilusión. Estaba a punto de explotar, la musa me gritaba al oído. Me senté en la cama, lápiz y papel en mano, y me dispuse a escribir lo que en ese preciso momento sentía, lo que hacía latir mi corazón cada vez con más fuerza. Esa noche, después del primer beso, nació el Segundo Poema.

"Mi ilusión".

La ilusión de verte me empuja a buscarte, abrazarte; para después tener la ilusión de soñarte. Es la ilusión de amarte, lo que borra mi miedo a perderte; son las ganas de quererte las que hacen de mí, un mejor ser.

Es la ilusión de tocarte, lo que me da fuerzas para derribar muros, atravesar desiertos; escalar montañas. Es querer acariciar la luz del sol cada mañana. Son ilusiones que nacen desperdigadas como las flores del campo, allí donde se refleja tu sonrisa. Es la ilusión de conocerte despacio y quererte deprisa.

Es la ilusión de escucharte con tan solo mirarte, es encontrarte cuando estoy perdido; para encontrarme.

De las ilusiones perdidas a las ilusiones encontradas, es la ilusión de dejar el largo camino oscuro; para seguir la luz de tu mirada. Es la ilusión de tus besos, ante el insípido sabor de tu ausencia. Das a mi alma calor, convirtiéndote en mi mejor sueño. Transformando en verdad; mi mayor ilusión.

El tiempo, se escabullía entre besos, abrazos y llamadas mientras seguía su camino. Los días pasaban como las hojas empujadas por el viento, convirtiéndose en semanas que volaban de prisa para convertirse en meses. Se podía decir que estábamos empezando una relación. El otoño ataca con todas sus fuerzas y la lluvia intenta estropearme cada ocasión especial. Le prometí que por mi parte no habría prisas, que estaba dispuesto a seguir su ritmo. La paciencia es una gran virtud, que has de tener cuando quieres algo de verdad. Y por fin llegó el gran día. Ese día empezamos con una cena romántica, y después del cine le pedí que durmiera conmigo y se quedara todo el fin de semana. Aceptó quedarse esa noche, pero que ya veríamos sobre la marcha si se quedaba todo el fin de semana. Me sentí flotar. El universo conspiraba a mi favor.

– ¿Te apetece tomar algo? –Pregunté encaminándome a la cocina– ¿Coca cola, cerveza, zumo...?

–Un poco de agua.

– ¡Marchando agua fresquita!

Le tendí el vaso, no sin antes robarle un beso, a lo que ella me regaló una de sus maravillosas sonrisas. Encendí la radio y puse mi CD favorito de R&B, me acerqué por detrás y la rodeé con mis brazos. Le aparté suavemente el pelo y la besé en el cuello. Tras dejar el vaso sobre la mesa se dio la vuelta y nos besamos durante largo rato. Iba a ser mía toda la noche, quizás todo el fin de semana. El concepto del tiempo perdió todo significado. Casi desnudos, la cogí en brazos y la llevé a la habitación. Tumbándola en la cama, besé su cuerpo despacio, al mismo tiempo que le terminaba de quitar la ropa. El calor de su piel me enloquecía por segundos, y me atrapaba cada vez más. Hicimos el amor apasionadamente, sin prisas. Apoyada sobre mi pecho, la abrazaba con miedo a que desapareciera cual sueño. Pero era real, estaba allí conmigo, en mi cama. Aun así, no quería cerrar los ojos ni un momento. Podía sentir el latido de su corazón. La música terminó en ese momento, y yo deseaba que ese momento perdurase para siempre.

Hicimos el amor otra vez, muy despacio, alargando cada segundo. Metidos en la bañera cubiertos de espuma, mi corazón, mi mente y yo decidimos seguir siendo adictos a la felicidad que esta hermosa criatura nos proporcionaba. Encontrarla en mi cama al amanecer hizo que fuera el mejor de mis despertares. Una de sus amigas la llamó a mediodía. Había roto con su novio de toda la vida y la necesitaba. Coincidimos en que la amistad es algo preciado que hay que cuidar y la animé a ir con su amiga. "Yo siempre estaré aquí para ti", le susurré mientras la abrazaba. Me abrazó con fuerza y tras el abrazo se desnudó nuevamente; era toda mía. Después de hacer el amor y dejar una huella imborrable en mí, la acompañé hasta su casa, en un intento de forzar al tiempo a que no diera un paso más y aquello no terminase. Mientras regresaba a mi casa de nuevo, pensaba en cómo había cambiado mi vida, desde que entró en ella. Mi fuente de inspiración, mi manantial de ilusiones, mi más esperado amor.

La vida real sigue, a pesar de querer sustituirla por los sueños y fantasías mucho más encantadores. La semana empezó mal en el trabajo y no hacía más que empeorar según avanzaban los días. Lo mejor de todo era vernos cada día en la parada del autobús, pero con tanto trabajo me era imposible salir antes y poder buscarla como hacía algunos días. Los trayectos se me hacían cada día más cortos. El ansiado viernes llegó, premiándome con su presencia, desde el viernes que fui a buscarla hasta el domingo. La lluvia empezó el jueves y no paró hasta el sábado, pero no nos importó en lo más mínimo; estábamos juntos y con eso, teníamos todo lo que necesitábamos. El domingo amaneció espléndido y puso su mejor cara otoñal, así que decidimos aprovecharlo. Nos sumergimos en la muchedumbre que paseaba por Cascorro y terminamos de tapas por La Latina. Caminamos hasta Callao para cerrar tan estupendo día con una sesión de cine. Ella elegía una y yo la otra. "Tengo toda la vida por delante y mi vida es tuya", dijo un personaje de la película y, apreté su mano para hacer mías esas palabras. La noche era clara. Una suave brisa traía los diversos olores de los restaurantes de la zona. Pero yo seguía envuelto en su olor.

–Tengo toda la vida por delante y mi vida es tuya –le dije al oído, recordando la frase de la película, mientras esperábamos el cambio del semáforo para cruzar Gran Vía. El comentario le produjo una sonora carcajada. Ambos reímos.

Mientras llegara ese momento, aprovechábamos para darnos muestras del mutuo sentimiento con besos largos que nos hacían apartarnos del mundo. De repente, un ruido muy cerca de nosotros nos hizo reaccionar. Solo tuve tiempo de ver que unas luces se echaban encima de nosotros, y todo empezó a oscurecerse. En mi oscuridad, buscaba a Alicia, pero no la encontraba; me sentí llamarla, me sentí llorar. Todo se transformó en confusión, oscuridad y silencio. Cuando desperté, me encontraba en una habitación de hospital. Bastante confundido, sin encontrar sentido a todo aquello, la buscaba con los ojos por toda la habitación a la misma velocidad que lo hacían mis pensamientos.

Muy adolorido y por lo que pude ver de mi cuerpo, bastante magullado. Tenía una pierna escayolada colgada de un cable y el brazo izquierdo escayolado desde la mitad del húmero hasta la mano, incluido el meñique y el anular. Me dolía bastante la cabeza, en la cual noté un apósito adherido a mi frente, por encima del ojo izquierdo al llevarme la mano allí. Me dolían las costillas. La puerta de la habitación estaba entreabierta, mostrando un pasillo poco concurrido. Al poco tiempo de hallarme consciente mi madre entró en la habitación; se echó a llorar al verme y corrió a abrazarme. Se retiró de un salto al escuchar mi queja por el dolor. Me sentía pesado y adolorido de pies a cabeza y me costaba respirar. Pese al llanto, me miraba con alegría y al mismo tiempo, con miedo. Nunca dejaré de ser su pequeñín, aunque tenga canas, arrugas y bastón; lo tengo totalmente asumido.

–Sabía que te despertarías –dijo entre sollozos–. Eres un chico fuerte y luchador. Voy a llamar al médico.

–Estoy bien mamá. ¿Qué ha pasado? ¿Dónde está Alicia?

–Tranquilo cariño, voy a llamar al médico. – Salió a toda prisa, y en menos de un minuto apareció una enfermera. Una señora de mediana edad, muy delgada y con cara de no haber dormido en toda la noche.

– ¿Qué tal te encuentras? –me preguntó mientras me tomaba el pulso y luego ajustaba la botella de suero que tenía al costado de la cama.

–Estoy bien. Me duele mucho la cabeza.

–Ya hemos avisado al doctor. Mientras, te voy dando un calmante para la cabeza. –Sonrió y con manos agiles introdujo el calmante por la vía del suero.

El médico llegó justo cuando la enfermera abandonaba la habitación. Es el típico médico de series de televisión, pasando los cincuenta, con algunas canas, cuerpo atlético y cara de estar siempre de fiesta. Se acercó a mí con un "Buenos días" de esos que dan los doctores para hacerte creer que todo va estupendamente.

– ¿Cómo te sientes, hijo? –preguntó, mientras sus frías manos abrían mis ojos y los apuntaba con un lápiz-linterna. La luz penetró como una aguja en mi cabeza y tuve la sensación de que me estallaría en cualquier momento.

–Cansado. Me duele un poco la cabeza –respondí llevando mi mano de forma automática al apósito.

–Es algo normal, ya se te irá pasando. ¿Puedes seguir mi dedo? – Dijo mientras levantaba el índice y lo movía despacio de izquierda a derecha, mis ojos lo seguían automáticamente - ¿Recuerdas tu nombre?

-Roberto – respondí sin entender la pregunta – Me llamo Roberto.

-¿Qué es lo último que recuerdas?

-Recuerdo salir del cine con Alicia y esperar en el semáforo para cruzar. ¿Qué ha pasado? ¿Dónde está Alicia?

-Tranquilo, todo a su debido tiempo. Te acabas de despertar de un largo sueño y hay que ir poco a poco. Llevabas inconsciente ocho días –dijo muy despacio como si no pudiera entender sus palabras.

– ¿O... ocho días? –mi madre empezaba a retirar las lágrimas que amenazaban con salir. Se mantenía firme y con una sonrisa forzada.

– ¿Recuerdas algo del accidente?

– ¿Accidente? –al intentar recurrir a mi mente, el dolor de cabeza se hizo más intenso, obligándome a cerrar con fuerza los ojos. Es una pesadilla.

–El vehículo de un conductor borracho que había perdido el control. Se empotró contra el semáforo donde os encontrabais –dijo directamente, sin rodeos. Cualquier parecido a una serie de televisión sería pura casualidad. Aún con ello, la realidad empezaba a asustarme.

De repente, empecé a sentir un gran vacío. Mi cabeza iba a explotar, un dolor agudo se instaló justo detrás del oído izquierdo y se negaba a abandonarlo. Crecía cada segundo y llevé mi mano en un vano intento de aplacarlo. Mi madre se mantenía impotente a los pies de mi cama observándome, como quien ve la aparición de un milagro. Seguía luchando por no llorar, como siempre. “La vida es dura, y nosotros tenemos que serlo tanto o más que ella”, me solía repetir en forma de mantra. A veces, la vida es tan frágil como un cristal. Demasiado frágil.

– ¿Dónde está Alicia? –una lágrima se deslizaba por mi mejilla y todo un universo deshabitado se instalaba en mis entrañas.

–El impacto del coche fue muy severo –continuó–; cuando llegó la ambulancia... –hizo una pausa que a mí me pareció eterna–, te encontró prácticamente debajo del coche. Tienes fracturadas dos costillas, la clavícula, la pierna, el brazo y ese golpe en la cabeza.

– ¿Alicia? –le interrumpí.

–Será mejor que te calmes un poco, y descanses –dijo, miró a mi madre y luego respiró hondo.

Era imposible calmarme, había llegado a un extremo en que nada podía sacarme de aquella situación de impotencia, salvo la presencia de la persona por la que preguntaba. La pequeña e insulsa habitación, se expandía ante mis ojos, alejándome de todos y de todo. Empecé a sentirme insignificante, como una gota de agua en el inmenso mar. Mis mayores temores empezaban a aflorar y por primera vez en mucho tiempo, me sentí solo.

–Por favor –supliqué.

–Estaba a un par de metros –respiró y continuó–. Se hizo todo lo posible; murió al segundo día de llegar al hospital. No tuvo la misma suerte que tú. Lo siento. –Dicho esto, miró a mi madre, se despidió de ella con un movimiento de cabeza y se fue.

Una enfermera entró, jeringuilla en mano, mientras yo lloraba en silencio. Ni siquiera sabía que estaba llorando. No sentía que lo hiciera, pero ahí estaban las lágrimas, fruto de la tristeza, de la impotencia, del dolor. Mis labios dejaron de articular palabra alguna; mis ojos preferían estar cerrados. Sentí la mano de mi madre agarrándome fuerte la mía. La estreché con fuerza, pero me negué a abrir los ojos. Buscaba respuestas en mi interior, pero solo encontré preguntas, muchas preguntas, todas ellas sin una respuesta humanamente comprensible. El dolor menguaba por momentos, y yo empecé a quedarme dormido. Empecé a buscarla en sueños. Me la habían arrebatado. Mi mente la seguía buscando, llamándola a cada momento, incrédula de su ausencia. Mi madre me hablaba, pero yo ya no escuchaba. Ponía todos mis sentidos en encontrar a Alicia. Con los ojos cerrados evocaba la imagen en mi cama, desnuda y abrazada contra mi pecho. Sé que por mucho que me empeñase mis esfuerzos eran inútiles, y afrontar esa realidad tarde o temprano me mataría. Pero no puedo vivir en un sueño eterno; o tal vez sí.

Hace más de un mes, y para mí el tiempo se ha detenido. Contar los días no tiene sentido cuando no tienes a nadie con quien compartirlos. Mi madre me pide constantemente que regrese a su casa, que allí podrá cuidarme, pero eso significaría alejarme de ella. No quiero estar lejos de ella. Dicen que la pena malgasta el corazón, hasta que este deja de latir. Deseé cada día haber muerto junto a ella, pero luego comprendí que debía contar nuestra historia. Escribí en un pequeño diario nuestro romance, empezando por el primer poema que le escribí. Pegué fotos para que nunca se borrara su sonrisa. Y terminé el diario tal y como empezó. Del amor y el dolor nació este poema, pensé cuando lo terminé; ahora lo leería delante de su tumba para sacar, en un intento vano, el dolor de su ausencia. Entre lágrimas procedí a su lectura.

"Cuando tú no estás".

Mis lágrimas no se transforman en gotas de rocío, las cosas no son las mismas cuando tú no estás; cuando no estás conmigo... Las puertas de mi corazón están cerradas, no dejo entrar ni un pensamiento, ni un suspiro, ni una mirada. Tus caricias me hacen delirar y me siento vacío cuando tú no estás; cuando no estás conmigo...

No encuentro tu sonrisa y la busco en las estrellas, intento escuchar sus palabras pensando en ti, pensando en ellas, y quiero hacer ese universo mío cuando tú no estás; cuando no estás conmigo... Conservo en mi corazón la experiencia de aquel beso primero, de la primera caricia, del primer te quiero. Mi mente no logra entender que mi amor viva en las sombras, que en la soledad de la hojarasca esté mi destino, cuando tú no estás; cuando no estás conmigo...

La luna se desnuda ante mi serena mirada, y recuerdo tu cuerpo, el olor de tu piel y te busco entre lagrimas sin decir nada. Qué triste, que amargo es mi camino, qué triste y amargo cuando tú no estás; cuando no estás conmigo...

Dejé el papel sobre la tumba, bajo una pequeña piedra, para hacerle compañía deposité una rosa, a la que previamente había besado. Dejé mi corazón allí, sólo para ella.

–Te echaré muchísimo de menos, amor –susurré mientras me incorporaba.

Iba a visitarla cada semana, ya que no lograba ser capaz de despertar de aquella pesadilla en la que vivía todos los días, sin ella. Había días en que las secuelas del accidente me impedían salir de casa. La visión empezó a fallarme. Primero perdía nitidez, luego solo había oscuridad. Una metáfora de mi vida, pensé. Algunos días me visitaba el inspector García, encargado del caso. Me contaba cómo marchaba el proceso. Me daba ánimos para aguantar hasta el día en que el juicio se celebrase y me acompañaba a verla algunas veces. Su rostro, aunque tranquilo y sereno, da muestras de que la vida le ha tratado con dureza. La vida te trata con dureza extrema, pero ella misma es frágil. Y no estamos preparados para asumir que cualquier cosa, puede romperte en mil pedazos en un segundo.

–Sé cómo te sientes hijo, créeme. Pero hay que ser fuerte.

–La fuerza nace de la ilusión, de la esperanza. Yo no tengo de ninguna de las dos. –Le respondí.

–Aun así –me contestó suavemente–, vienes aquí cada semana. Puede que la ilusión de hablar con ella, o la esperanza de que te escuche... –hizo una pequeña pausa y miró al cielo–; sea lo que sea, te da las fuerzas suficientes para hacerlo. Continúa...

Los dolores y la ausencia de visión se hacían más frecuentes, resultado a largo plazo de aquel accidente. Poco antes de que llegara el invierno me fui pronto a la cama; tenía otro de esos episodios con falta de visión y un dolor de cabeza horroroso. Mi madre hacía la cena en la cocina, al final gané la batalla y como es igual de testaruda que yo, decidió quedarse. Aunque persistía en que marcháramos al pueblo. Me acercó las pastillas y se sentó a los pies de mi cama, hablándome despacio e intentando convencerme una vez más, de que el invierno es más llevadero en el sur. Mi negativa por enésima vez no la desanimaba y no retrocedía en su afán ni un ápice. Me besó en la frente, uno de esos besos milagrosos que son capaces de quitarle el hambre a cualquier niño. "Te quiero mamá", susurré.

En parte creo que heredé de mi madre el sobreponerme a las adversidades de la vida, pero solo en parte. Ella me supera con creces y me pregunto si alguna vez pensaría en rendirse. Mi padre murió siendo yo apenas un niño y mi madre ha aportado todo cuanto necesitaba, y aunque no quería que abandonara el pueblo, supo que si me merecía un gran futuro, una vida mejor que la que ellos tuvieron, debía dejarme marchar. Con los kilómetros que nos separaban, hemos cuidado el uno del otro y hemos hecho todo lo posible por reducir el tiempo sin vernos y la distancia. De pronto pensé en los padres de Alicia, hija única igual que yo. Un pinchazo atravesó mi corazón, los padres no deberían ver morir a sus hijos; es antinatural.

El dolor se hace casi insoportable y el cansancio empieza a ganarme el puso. Cerré los ojos, buscando como siempre la imagen de aquella que un día hizo que no me negara al amor; y la vi. Allí estaba de pie, sonriéndome con los brazos abiertos. Me acerqué y la abracé con fuerza.

–Esta vez no voy a soltarte –le dije mientras lloraba–; no me separaré de ti ni un instante.

El dolor, la tristeza, todo desparecía con su abrazo. Me quedé abrazado a ella. No desperté de aquel sueño. No quise despertar.

EN LAS PUERTAS DEL INFIERNO

Nunca imaginé que mi vida acabaría de esta forma, nada ha resultado ser como había soñado o tan siquiera pensado. Está claro que, en algún momento del camino, perdí el control de mi vida y no fui capaz de retomarlo. Ahora, en la soledad, evoco en mi memoria cada paso que di, buscando en qué parte del camino me desvié de tal manera que llegué a parar aquí, a las puertas del mismo infierno.

Cuando desperté en el hospital, me encontraba totalmente aturdido y desorientado. Mi cabeza parecía una bomba de relojería a punto de estallar. Me costaba moverme, y eran inútiles las órdenes que mi cerebro enviaba a mi cuerpo; este se negaba a obedecer. Una enfermera asomó la cabeza por la puerta y dijo algo que no logré entender; acto seguido, desapareció. La cabeza me dolía cada vez más. Me resultaba imposible parar un momento y pensar en cómo había llegado allí. El médico entró en la habitación y empezó a hablarme. Cada palabra suya era como un martillazo en mi cabeza.

–Te duele. Es normal. El efecto del calmante ya se ha pasado; te traerán otro en un segundo –decía mientras me apuntaba a los ojos con una pequeña linterna–. Relájate. Se te pasará en un momento.

La enfermera entró nuevamente. Con movimientos ágiles, me suministró el calmante, le dijo algo al médico y acto seguido desapareció por la puerta. A su vez, un hombre entró en la habitación e intercambió palabras con el médico. La opaca luz de la habitación me impedía reconocerlo. Y mantener los ojos abiertos empezaba a ser lacerante. Vi entre brumas cómo su figura se acercaba a mí. Mis ojos se cerraban.

– ¿Cómo te encuentras, chico? –preguntó.

Su voz me taladró la cabeza. ¿Cuándo haría efecto el calmante? Me miraba fijamente, como si quisiera atrapar con sus ojos las palabras que, no sé por qué razón, era incapaz de articular. No era personal del hospital y yo no le conocía de nada, eso me quedó claro. Un rostro cargado de arrugas, bastante curtido en golpes de la vida, como diría mi abuela. Vestía una americana azul, camisa blanca y una corbata gris en tonalidades ascendentes del claro al oscuro.

–No se encuentra en condiciones –intervino el médico–; acaba de despertar. Será mejor que vuelva otro día.

–Volveré mañana –dijo sin apartar la mirada. ¿A quién se lo dijo: al médico o a mí?

–Otro día, inspector –dijo el médico con voz queda–. Mañana puede encontrarse con una reacción similar a la de hoy. Le aconsejo que deje pasar unos días y le aseguro que le encontrará bastante más dispuesto. Ahora será bastante difícil para usted y para él.

Miró al medico un instante, para dirigirse a mí nuevamente. Su rostro pálido, carente de humanidad me recordaba a esas pelis de vampiros, su penetrante mirada me helaba la sangre.

–Volveré mañana –dio media vuelta y salió de la habitación, de la misma forma en la que entró.

El calmante daba el efecto deseado y me notaba cansado. Mis ojos se cerraban despacio. Quise ordenar algunas cosas en mi cabeza, pero me sentía muy cansado para pensar, y la visita de aquel desconocido impedía centrarme en otra cosa que sus palabras: "Volveré mañana". Creo que no tardé mucho tiempo en dormirme. No recuerdo cuánto había dormido pero, entre sueños, escuchaba voces, veía luces. Nada tenía sentido. Al abrir los ojos nuevamente, vi la silueta de una persona en la ventana. La luz que entraba me impedía ver con claridad a quién pertenecía. Se giró, y un escalofrió recorrió mi espalda. Seguía sin poder verle con claridad, pero su voz…

– ¿Cómo te encuentras chico? –su tono reflejaba cualquier cosa menos preocupación por mi estado.

–No sabría decirle –tardé en contestar; sentía que todo a mi alrededor iba demasiado despacio, incluso mi forma de hablar–. Me cuesta respirar un poco.

–Es normal –respondió–. Tienes cuatro costillas rotas. Ha sido un "milagro" –levantó los dedos para hacer ademanes de comillas.

– ¿Tener cuatro costillas rotas se considera milagro? –respondí. Mi tono sarcástico no logró cambiar su expresión, así que me limité a escuchar.

–Después de un accidente tan brutal, muchos pensaron que morirías a las pocas horas. Incluso yo.

¿Accidente? Desesperadamente intenté recordar algo de lo ocurrido, pero me resultaba imposible. No recuerdo ningún accidente. Noto cómo mi respiración se agita y el dolor del pecho se agudiza. "Cuatro costillas rotas", me dice mi subconsciente. Mi pierna escayolada colgando de unos ganchos, me ofrecía el primer plano de una realidad a la que he llegado de forma abrupta, pero sin recordar el camino. Muy despacio, la silueta se va alejando de la ventana para acercarse a mí, y deja al descubierto un rostro que me resultaba familiar. Un hombre delgado, bastante mayor, con cara de cansado y una mueca en los labios que no sabría reconocer si podía ser de satisfacción o de impotencia. Mi extraño visitante del otro día. Esta vez con la misma chaqueta y sin corbata. Observándolo más detenidamente, presentaba indicios de una vida estresada, arrugas, canas y unas pronunciadas entradas, que hacían su delgado rostro más alargado de lo que realmente era. Se movía despacio, como si el tiempo para él no importara. Su expresión se mantenía imperturbable y porque no decirlo, tenía aspecto de cabrón con mayúsculas.

–No recuerdas nada del accidente, ya me advirtió el matasanos de eso. Según él, se debe a una laguna ocasionada por el trauma del suceso. Algo al parecer bastante común. Pero tranquilo –acercó una silla arrastrándola por el suelo, el chirrido contrajo todo mi cuerpo, pero pareció no importarle. Se aclaró la garganta y se sentó a la diestra de mi cama–, yo te ayudaré a recordar. Te lo recordaré con todo detalle.

Satisfacción. La mueca de su cara era de satisfacción. Por el dolor que sentía, por la situación en la que me encontraba. Algo me decía que era su turno de jugar y se lo iba a pasar en grande a costa mía.

–Vine a visitarte ayer, como te dije, pero estabas dormido. Volví por la tarde y seguías en la misma situación. Te negabas a despertar y hablar conmigo. Hoy he esperado pacientemente a que despertaras, y si no hubieras despertado habría venido mañana, y al otro, y al siguiente, hasta conseguir verte despierto –una sonrisa se dibujó en su cara; aun así, tenía aspecto de estar bastante molesto–. Y mírate, ¡estás despierto! Ahora vamos a charlar un rato –y su rostro se petrificó.

Sacó de la chaqueta un bolígrafo, una pequeña libreta y un paquete de cigarrillos. Pensé en decirle que no debería fumar allí pero, al juzgar por la cara que puso al sacar un cigarro, me di cuenta de que estaba al tanto. Se colocó el cigarro en la boca, sin encenderlo, y se acomodó en la silla. Yo estaba intranquilo desde el momento en que reconocí su voz. Pero ahora, al encontrar sus ojos mirándome fijamente, empecé a sentir un extraño temor. Su mirada estaba cargada de rabia, de perceptible rabia.

–Bien, chico. Como no recuerdas nada de lo sucedido –hizo una pausa eterna y se inclinó ligeramente hacia mí, clavándome sus ojos gastados para hablarme mientras apretaba con fuerza el cigarrillo con sus labios–, yo te lo haré saber, maldito hijo de puta.

El miedo había dado paso al terror, después de oír sus palabras y la forma en que me miraba mientras las decía. El cigarrillo, mientras, se mantenía intacto entre sus labios. ¿Por qué tanto empeño en hablar conmigo?

–No sé quién es usted –dije. Me temblaba la voz, aunque me esforzaba para que pareciera firme–; y no creo que tenga que hablarme de esa manera.

Él ni se inmutaba. Me seguía mirando fijamente sin hacer el más mínimo caso a lo que le acababa de decir. Dudé en si me habría escuchado. Después de un rato, en el que no apartó la vista de mí ni un segundo, se metió la mano en el otro bolsillo de la chaqueta y sacó una placa identificativa.

–Soy el inspector Carlos García, de la brigada de homicidios. Y ahora que ya sabes quién soy, vamos a lo que realmente importa: llenarte la laguna que tienes en esa cabeza repleta de mierda.

No tuve la menor intención de protestar. Un policía de homicidios, un accidente... ¡Joder! No hace falta ser muy listo para saber que estoy metido en un buen lío, un lío de los grandes. Pero sigo sin recordar nada relevante del dichoso accidente. No poder recordar lo que ha pasado me desconcierta. El miedo a lo desconocido o, en este caso, a la ausencia de recuerdo, me da pánico. Paciente, guarda silencio y me observa mientras retira el cigarrillo de sus labios sin prisa alguna; yo, en cambio, intento relajarme y pensar, buscando un punto desde el cual pueda empezar a avanzar hasta llegar al momento del accidente.

–Necesito estar un momento a solas, si no le importa –le dije.

–Bien. Aprovecharé para fumar –dijo mientras se levantaba de la silla y me enseñaba el cigarrillo preso entre sus dedos–; espero encontrarte aquí cuando vuelva –añadió en tono sarcástico levantando una ceja y salió de la habitación.

Ahora estaba solo. Cerré los ojos y busqué un punto de referencia, el cual me sirviera de inicio. Poco a poco llegaron a mi memoria recuerdos, los cuales tenía que identificar y colocarlos en sus respectivos lugares de espacio-tiempo. Creo que el punto adecuado, para empezar, es mi vuelta de Ámsterdam. Había viajado hasta allí tras recorrer medio mundo. Ámsterdam fue mi último destino antes de regresar a Madrid. Todo en un vano intento de olvidar a Gema. Le había escrito una carta de despedida, ya que no fue posible hablar con ella y decirle a la cara lo que sentía. A medida que mi inminente regreso se aproximaba, me daba cuenta con más claridad de que no había podido olvidarla. La echaba de menos, he de reconocer que fue más fuerte de lo que pensaba y la distancia no había podido con su recuerdo. Habían pasado casi tres años desde que me fui. Se había convertido en mi obsesión. Tanto era lo que la echaba de menos que pensé en acercarme a su casa tan pronto bajara del avión. Tan solo una llamada bastó para sumirme en la más profunda desilusión; tenía pareja nuevamente. ¿Por qué me empeñé en mantener la esperanza? Esa absurda esperanza de que me echaría de menos.

Tras comer algo, me instalé no de muy buena gana en casa de mi abuela. No puedo quejarme de la hospitalidad de mi abuela, pero cada vez soporto menos el olor a perro mojado de sus fieles y leales compañeros. Una barra de incienso hindú y medio bote de ambientador más tarde, estaba instalado en mi habitación. Siempre ha sido mi habitación.

Cuando mis padres se iban de crucero yo me quedaba en casa de la abuela. Aún se mantienen mis libros, algunas figuritas de Oliver y Benji que coleccionaba. Pasé buena parte de mi infancia en esta habitación. Es curioso como el mundo entero cambia mientras una simple habitación, mantiene intacto el mundo donde empezamos a tejer sueños. Acabo de llegar y tengo ganas de volver al avión, a tejer realidades.

Por la tarde hablé con Cristian. Como era de esperar, su alegría se desbordó al saber que me encontraba en la ciudad.

– ¿Cuánto tiempo piensas quedarte? –preguntó.

–No lo sé –respondí–. Acabo de llegar, y lo primero que hice fue llamar a Gema para llevarme un fiasco enorme.

–Otra vez con esa mujer en la cabeza, macho –enseguida le cambió el tono de voz; vaya charla de bienvenida me espera–. Olvídala de una vez. Ella se lo pierde.

–Ya –dije resignado. Prácticamente me sabía de memoria lo que me decía cada vez que el tema salía a relucir. Para mi sorpresa, esta vez, me equivoqué.

–Mira, déjate de rollos. Mañana es la fiesta del verano en casa de Darío. Descansa y organízate como te dé la gana, pero mañana te quiero ver allí.

Se le notaba contento, y poco a poco me fue contagiando de su habitual locura. Esas fiestas de verano eran realmente geniales. En casa de Darío se hacían dos fiestas al año: una para dar la bienvenida al verano y otra para despedirlo. Ésta era la segunda. Es un ático en el centro de la ciudad, con una terraza estupenda y unas vistas maravillosas. Música, barbacoa, mujeres y bebida... Para Cristian no existía mejor fiesta. Yo, paradójicamente, me sentía a gusto con el ambiente creado, pero me mantenía a distancia de las bebidas, y me dedicaba simplemente a charlar con algunos de los invitados, a muchos de ellos les conocía de ir a la misma discoteca hace años. Es genial compartir un buen momento con viejos conocidos. Como era habitual, en la fiesta había más presencia femenina que en cualquier garito de la ciudad y, como hacía un tiempo excelente cuando éstas se celebraban, las chicas iban muy ligeras de ropa. Cristian decía que era una pérdida de tiempo estar pendiente de una cuando tienes cincuenta pendientes de ti. Lógicamente, respetaba sus argumentos pero yo seguía en mis trece.

De forma extraña, esa noche dormí de un tirón y no me despertaron ni los incómodos ladridos agudos de los perros. Cuando me levanté, mi abuela había preparado el desayuno. Acompañé a mi abuela a sacarlos a pasear al parque. Blacky y Yula caminaban despacio, como si salir a la calle significara un suplicio. A Yula se le habían deformado las patas delanteras y necesitaba un corte de pelo urgente. Blacky tenía que tomar unas pastillas para no sé qué, mi abuela se explica fatal. Estaban ya muy mayores, tanto como mi abuela. Al regresar a casa decidí arreglarme y salir a comer fuera, le mentí diciendo que había quedado con unos amigos, en parte por no cargarla con el compromiso de hacerme la comida. Hace años que come muy poco y apenas cocina, todo lo arregla con una sopa o con fruta y hoy no tenía cuerpo para comer su ya habitual sopa de garbanzos. Di una vuelta por el barrio, pocos cambios a decir verdad. Luego extendí mi exploración por la ciudad, tomé el autobús y me fui directamente al centro. Acerté en comer en un restaurante nuevo de la Gran Vía, comida de vanguardia pero no te quedas con hambre. Continué caminando sin prisas hasta que la caída de la tarde me encontró sentado en las escalinatas del lago del Parque del Retiro. Aproveché el momento para enviarle un mensaje a Gema, reiterándole que la echaba de menos.

Nunca he sabido cómo acertar en estas fiestas, pues no tenía claro si llegaba tarde o temprano. Cristian llegaría a las once y media. Para disfrutar de la noche, según decía. Las doce menos cuarto fue mi hora elegida, no deseaba que la noche me pareciese eterna, había pasado mucho tiempo sin ver a mi amigo y quería compartir con el unas risas. En tres horas estaría borracho del todo, así que debía aprovechar la mayor parte para disfrutar de su compañía. Si ha llegado puntual, estará degustando su segunda copa. No le vi dentro, así que el espectáculo empezó en cuanto salí a la terraza.

– ¡Abran paso, abran paso! –gritó al verme. Apartó a unas personas que tenía delante y se arrodilló ante mí, levantando sus brazos como solía hacer siempre que tardábamos unas semanas sin vernos y me dedicó unas reverencias. Estaba acostumbrado a que la gente nos mirara con extrañeza en esa situación; a decir verdad, estaba acostumbrado a todas las excentricidades de Cristian. Y nunca me ha importado lo que la gente de alrededor pensara. Se levantó de un salto y me abrazó. Seguía igual de bruto, hay cosas que no cambian.

–No tan fuerte, que me rompes las costillas –le dije al tiempo que contenía la respiración.

–Es que, mírame; que aquí hay rocas –haciendo poses de culturista–. Desde que te fuiste, las cosas aquí han cambiado mucho. Pero sabes que eres mi hermano y te quiero tío.

–Lo sé, es algo que no se me olvida.

–Ven, ¿te acuerdas de Anabel? – Su sonrisa le delataba-. Era la primera vez que la veía, pero no le di importancia a la jugarreta de mi amigo y ella tampoco.

El plan secreto había sido desvelado desde el principio, ya me había buscado pareja para esa noche. Así que, confié como siempre, en que mi ingenio me salvara de la trampa. Toda la velada la pasé hablando con Anabel, quien resultó ser un encanto. Una chica muy despierta, curiosa y con un sentido del humor de las que pocas pueden presumir.

Cristian iba y venía, para cerciorarse de que todo estaba siguiendo su estricto orden y concierto, antes de marcharse de nuevo a bailar con la pandilla nos dejó una botella de whisky y un par de refrescos. Mientras le servía una copa a Anabel, me pidió que le hablara de mis viajes y le resumí, intentando no ser muy aburrido, de mi estancia en Nueva York, para pasar luego por Chicago, Los Ángeles, Sídney, Londres y terminar en Ámsterdam. Cristian, estratégicamente, había desaparecido, pero no me importó; la compañía de Anabel resultaba exquisita. Tres años más tarde el hijo prodigo regresa a casa. Ella me contaba que había viajado poco y que algún día recorrería Europa en tren. Nunca he pensado recorrer todo un continente, pero si me decido hacerlo no lo haría solo, en buena compañía debe ser una experiencia increíble. Me encontraba realmente cómodo con aquella chica, así que decidí tomar mi primera copa con alcohol mientras charlábamos; aunque Cristian decía que era una norma absurda, pero era una forma de mantener el control; mi forma. Tomar alcohol en la primera copa, me permitía disfrutar del resto de la noche con la cabeza despejada. Sólo una, siempre la primera, así que con esta el cupo ya está agotado. Saqué mi teléfono para ver la hora y vi que había recibido un mensaje. Miré tranquilamente el teléfono, y por un segundo quedé paralizado.

– ¿Sucede algo? –preguntó Anabel.

–No, no es nada. ¿Me disculpas un momento? Vuelvo enseguida.

Abandoné la terraza y la compañía de Anabel, buscando un sitio menos concurrido; pero es la casa de Darío y es una gran fiesta. Hay gente hasta en las lámparas. Uno de los baños era mi mejor opción. Una vez dentro, respiré despacio y volví a mirar el remitente del mensaje y su contenido. Era Gema.

«Te agradezco que te preocupes por mí y todo eso, pero he tenido una discusión con mi novio por tu llamada y tu mensaje, preferiría que no lo hagas más. Eres una gran persona, seguro que encuentras a alguien que te corresponda. Por favor, no llamadas, no mensajes. Adiós».

No sabía lo que sentía en ese momento. Me encontraba totalmente alejado de la realidad. Devolví el teléfono al bolsillo y me lavé la cara con agua fría. La imagen del espejo me lanzaba una mirada oscura, cargada de decepción. El vacío causado por su ausencia todos estos años se mantenía igual, y ahora me sentía caer en él. Caía, y nada me impedía seguir cayendo en un agujero sin fin. Al volver a la terraza, Anabel me ofreció una segunda copa. Ella no sabía que no suelo beber más de una, y yo en ese momento lo había olvidado. Cuando me fui a una de las habitaciones con Anabel dejé de contarlas. El alcohol y el sexo con Anabel me hicieron olvidarla, creando un paréntesis en el que encontré un refugio confortable para mi absurdo tormento. De vuelta a la terraza, faltaba poco más de una hora para el amanecer y todavía había bastante gente en casa de Darío. El aire que corría suavemente empezó a despejarme un poco, pero el simple hecho de pensar en Gema otra vez, la rabia o la frustración, quizás ambos, empezaron a crear en mí la necesidad de refugiarme de nuevo. Esa lacería me tendía una copa y empecé a sentirme bien ya que el alcohol ahogaba mi dolor. Un dolor absurdo y sin más fundamentos que mi obsesión de amarla, o la ilusión de que me amase. Recuerdo que la luz del sol me despertó sentado en un sillón, con Anabel en mi regazo y mi mano bajo su blusa. Empecé a sentir que vivía en un universo paralelo, en el cual no sabía realmente cuál de los dos me correspondía. Pero una cosa estaba clara: el alcohol mitigaba mi dolor y sometía mi pena al silencio perpetuo. La norma, mi norma, empezaba a parecerme absurda. La imagen de Cristian con su sonrisa y un sonoro "Te lo dije" rebotaron en mi cabeza. A media mañana tras desayunar en un bar cercano a la estación de metro, nos fuimos a su casa, un apartamento pequeño en un barrio, para mi disgusto, demasiado céntrico. Lo había heredado de su abuela, y en cuanto pudo sostenerse económicamente se independizó e inició aquí su nueva vida. El sexo con ella, sin alcohol entre medias, resultó increíblemente gratificante; como uno de esos baños calientes en las noches frías de invierno. Nos duchamos y dormimos otro rato más. A primera hora de la tarde, Cristian llamó para decirnos que estaba por la zona, en un bar.

–De acuerdo; en media hora estamos allí. Hasta luego.- Anabel se levantó de la cama y mis ojos la siguieron.

El cuerpo desnudo de Anabel me daba muestras palpables de todo lo que había pasado. Me he perdido en otro cuerpo sin pensar en ella, no fue un sueño. Empecé a sentirme bien a su lado, aunque en el fondo de todo mi ser pedía a gritos que fuera Gema. Me descubrí mirándola con fascinación; ella sonreía, y tardaba en vestirse para complacer la avidez de mis ojos. Su cuerpo esculpido a golpe de trabajar mostraba una silueta uniforme, fibrosa. Sus pechos encajaban a la perfección con su cuerpo, y una cadena de lunares cerca de su ombligo atraía sin disimulo mi mirada hacia las partes bajas. Estuve con varias chicas en mi periplo de divagar hacia el olvido, pero ninguna me transmitía la calma que necesitaba como Anabel. Salimos sin prisas y caminábamos como dos personas que acababan de conocerse, pero que llevaban mucho tiempo buscándose. Cuatro calles, dos besos robados y unas risas después, llegamos al lugar, un antro carente de elegancia, pequeño y con olor a fritanga. Cristian estaba sentado al fondo, acompañado de una chica muy risueña. Pelo castaño cortado a media melena, ojos claros y una amplia sonrisa. Dejó la jarra de cerveza en la mesa en cuanto reparó en nuestra presencia y se apresuró a recibirnos.

–Os presento a Gema –con su habitual sonrisa.

“¡Vaya casualidad!”, pensé. Una reacción involuntaria me hizo estremecer, Anabel lo notó y cogiéndome fuerte del brazo hizo que la mirara a los ojos.

Su sonrisa me devolvía las imágenes del despertar en sus brazos, de seguir su respiración pausada mientras acariciaba su cuerpo desnudo. Me llena de paz estar a su lado. Lejos de toda sensatez y racionalidad en este sin sentido, se abría en mi mente una ventana a ese universo paralelo, un universo que me había creado para estar con Gema, pero ella ya no estaba allí tan siquiera. Había llegado el momento de empezar a vivir la realidad, mi realidad. Y Anabel empezaba a formar parte de ella, empezaba a darme algo que ni siquiera la distancia fue capaz.

–Tienes mala cara –dijo entre risas–. Anabel te ha hecho pasar una mala noche; o una buena, ¿eh?... - Anabel le miró con los ojos llenos de furia. Si conoce a Cristian un poco, se esperaría un comentario como ese. Crucé la mirada con Anabel y ambos hicimos caso omiso de su escolio.

–Me duele la cabeza –fue cuanto dije.

–Normal, anoche te bebiste hasta el agua de los floreros –reía mientras ponía su mano en mi hombro–. El malestar se quita rápido. Una copita y te quedas como nuevo. La verdad es que no recuerdo la última vez que bebiste tanto.

–Te recuerdo que nunca me has visto beber así. - Maticé mientras tomábamos asiento.

–Te has hecho un hombre con esos viajecitos. Ya era hora. – Dio un largo trago a su jarra de cerveza- Además has dado con una chavala cinco estrellas y me alegro por ti. Ya era hora de que dejaras atrás esa obsesión.

Me sentía avergonzado, nunca había bebido tanto. La verdad es que nunca me había emborrachado. Tuve la oportunidad de no repetir, pero no lo hice. Beber me hacía olvidar, sentirme bien y, sobre todo, no pensar en ella. La compañía de Anabel acrecentaba mi autoestima y empecé a formar parte de un mundo al que siempre me negué a entrar. Un hombre ha de tener siempre la cabeza despejada, solía decir mi padre, para saber resolver sus problemas. Mis problemas han sido causa de una estúpida obsesión, una obsesión que no me ha dejado avanzar. Tras unas cervezas, risas y anécdotas del pasado, decidimos ir a cenar a un restaurante cerca de allí. Cenamos entre risas, bromas, besos y vino; luego salimos a bailar.

Bebimos unas copas, pero controlaba. Cuando nos fuimos, por la noche, Cristian me dejó conducir.

–Eres el que menos ha bebido –en eso tenía razón, había bebido pero mantenía la cabeza despejada–. Toma las llaves de mi coche.

Dejamos a Anabel en su casa, por ser la más próxima. Esa noche opté por volver a casa, más que nada para no preocupar a mi abuela. Quedé en ver a Anabel al día siguiente por la tarde. Me despedí con un largo beso, mientras Cristian y Gema aprovechaban el momento de intimidad en el coche para meterse mano como quinceañeros. Luego llevé a Cristian y a Gema a la suya.

– ¿Te quedas a dormir aquí? –me preguntó Gema.

–No. Me voy a casa, que llevo sin entrar desde ayer por la mañana y mi abuela seguro empezará a preocuparse y vosotros necesitáis un poco de intimidad –me disponía a bajar del coche y Cristian me detuvo. Ahogó un eructo hinchando los mofletes, mientras buscaba las palabras.

–Llévate el coche –me dijo–. Me lo traes mañana. Yo estoy de vacaciones y no lo necesito.

–He quedado con Anabel por la tarde.

–Genial, tío. La buscas a ella, y luego dejas el coche aquí. ¿O es que vais a su casa a...?

–No lo sé. De todas formas, te llamo mañana antes de salir de casa de mi abuela.

–Nos vemos mañana –me dio un abrazo y se fue tambaleándose abrazado a su chica.

Por un momento pensé en rechazar la propuesta, al ver a Cristian caminar, me di cuenta que no iba tan borracho. La verdad es que no bebí como la noche anterior. Él se tambaleaba al caminar; yo no. Controlaba perfectamente, así que no vi la necesidad de coger un taxi para atravesar la ciudad.

–Bien. Hasta mañana.

Me hizo un gesto al llegar al portal y me fui a casa. Al día siguiente los ladridos de los perros me despertaron, pese a los fallidos intentos de mi abuela por hacer que guardaran silencio. Una ducha con agua fría y unas lentejas dignas de un rey, me encontré con fuerzas suficientes para empezar el día; aunque eran casi las cuatro de la tarde. Llamé a Anabel y pasé a recogerla media hora más tarde, juntos llevamos el coche a casa de Cristian. Tras unas latas de cerveza y muchas risas mirando fotos antiguas, Gema llegó y se unió a nosotros. Mirando las fotos, me doy cuenta de que físicamente no he cambiado mucho. Cuestión de genética supongo.

-¿Tienes pensado subir a un avión o te quedas definitivamente? – me preguntó Cristian y un auto reflejo me hizo mirar a Anabel, ella se sonrojó un poco.

-Pues la verdad es que, estoy pensando en quedarme definitivamente – dije sonriendo- Puede que la próxima vez que me vaya, sea a dar un paseo por Europa en tren. Así que empezaré a buscar trabajo.

-¿Cuántos idiomas hablas? – preguntó Gema.

- Hablo inglés, un poco francés y me defiendo con el alemán.

-Mi jefe me preguntó la semana pasada si sabía de alguien que hablara varios idiomas. Si quieres, dame tu currículo por si hay suerte. El terreno laboral está cada vez más complicado.

-Es una oferta interesante, ¿Dónde trabajas?

-En una empresa pequeña, llevamos carteras de pequeños inversores. Hasta hace poco a nivel nacional, pero han empezado a llegar extranjeros que han invertido en España y mi jefe quiere darle la mejor atención.

-Eso es una buena proyección por parte de tu jefe. Pues se lo envío al correo de Cristian y cruzaremos los dedos. La verdad es que necesito trabajar cuanto antes, mis ahorros han desaparecido.

Al cabo de un rato Anabel y yo marchamos camino a su casa. Una pizza al microondas y sexo intenso para terminar la noche. Al día siguiente no fuimos juntos hasta el lugar donde trabajaba y me fui a casa. Acompañé a mi abuela a la compra y después encendí mi portátil y tras actualizar mi expediente laboral, envié el correo a mi amigo. Aunque me encontraba en una burbuja de tranquilidad mental, no pude controlar mi deseo de bucear en las redes sociales en busca de ella. Me había bloqueado de forma fulminante y sentí ese dolor, ese vacío de no tenerla. Empezaba a sentirme sucio, pues no terminaba de aclararme con Anabel, a ella se la veía dispuesta a intentarlo pero yo, estaba muerto de miedo. Me cambié de ropa, me puse un chándal y zapatillas y salí a correr. Cuando las paredes parecían abalanzarse sobre mí, salir a correr era lo único que me despejaba y descargaba todo lo negativo que se iba adhiriendo a mi alma. Decidí no ver a Anabel durante unos días y así poder aclarar mis sentimientos o mi atracción sexual hacia ella. No quiero hacerla daño.

Una semana después tuve una entrevista en la empresa donde trabajaba la novia de mi amigo, tres días más tarde, formaba parte de la plantilla. Era realmente una empresa pequeña. Se respiraba un ambiente agradable, casi familiar diría yo. Gema estaba más cerca del despacho de Ricardo y Eva, los jefes. El trato con ellos era bastante distendido, se había implantado la nueva fórmula que tanto éxito ha generado en las grandes empresas del siglo veintiuno. Gema era una de las que llevaba más tiempo junto con Daniel, un cuarentón bastante graciosillo rozando lo pedante, antiguo bróker del parquet madrileño. A su lado Virginia, una joven con gafas muy simpática y risueña, se encargaba de los datos del Mercado de Valores o algo así y apoyo de Daniel. Se podría decir que casi compartimos mesa; donde tiene una foto de su niña, es un encanto.

Justo en frente de nuestra mesa, están Ángel y Marcos. Por algunos comentarios graciosos y fuera de lugar por parte de Daniel, daba a entender que son pareja, aunque intentan mantenerlo en secreto. Los dos son gestores que se encargaban de las grandes inversiones en Bolsa. En otra mesa compartida estaba Patricia responsable de Recursos Humanos, es venezolana creo, aparte de sus ojazos y su piel canela, tiene el don de que pase lo que pase, nunca deja de sonreír. A su lado Fernando quien a simple vista diría que es un vigorexico encargado del área de informática, un “friki” de las artes marciales pero todo un cerebrito. La barba le hacía parecer más mayor y le endurecía el rostro. También estaba Amalia de Relaciones Públicas y Publicidad, su fuerte personalidad intimidaba más que su metro ochenta de estatura, pero casi nunca estaba en la oficina. Y por último, una chica muy guapa en la mesa pegada a la puerta, habla bastante poco y casi nunca se va con nosotros al bar cuando terminamos la jornada. Se llama Alicia. No tardé en adaptarme al ritmo de trabajo y pronto empecé a tratar con la lista de clientes que me habían asignado.

Los días pasaban como en esas imágenes de la tele, en los que las hojas del calendario vuelan, perdiéndose en el infinito. Mi relación con Anabel poco a poco se acrecentaba, oficialmente no estábamos saliendo pero, nos comportábamos como tal.

Quedábamos con Cristian y Gema algún que otro fin de semana, sin preocuparme que empezara a adoptar una conducta que dejaba de lado mis principios. Sería una cobardía por mi parte declinar hacia la compañía de Cristian mi nueva adicción al alcohol, en eso, soy el único responsable. El alcohol me hacía sentir bien, y eso se convirtió en lo esencial desde aquella noche. El universo paralelo se desvanecía bajo mis pies, mientras tomaba las riendas de mi mundo.

Por fin es viernes y aunque el otoño ya paseaba a sus anchas por la ciudad, ese día continuaba ejerciendo ese efecto tan increíble en las personas.

Llovía sin parar desde el jueves y amenazaba con amargarme el fin de semana. Un mensaje de Anabel, sugiriendo pasar el fin de semana en su casa empezó a levantarme el ánimo. Pelis, palomitas y sexo, este sería el plan perfecto para un fin de semana pasado por agua. Hicimos de la lluvia nuestra particular banda sonora, como no hacía demasiado frío, jugamos a ser Adán y Eva y estar desnudos todo el tiempo, hacer el amor allí donde nos pillasen las ganas y vuelta a empezar. El domingo por la mañana el sol brillaba con gran intensidad y según el hombre del tiempo, la estabilidad nos acompañaría todo el domingo. Decidimos salir a disfrutar de dicho regalo, empezando por perdernos entre la muchedumbre del Rastro. Después de comer, llamé a Cristian para invitarle a él y a Gema a tomar algo, todavía no habíamos podido celebrar mi nuevo trabajo. Era algo que quedaba pendiente. En media hora pasaron a recogernos y aprovechando el coche de Cristian, decidimos salir del centro de la ciudad y aventurarnos a una especie de festival de la cerveza en no sé dónde. Comimos y bebimos tal y como la ocasión lo merecía.

Como venía siendo lo habitual, el que más controlaba era yo, así que me tocaba conducir. Bajé la ventanilla del coche para que el aire me espabilara un poco. Cristian y Gema fueron los primeros en bajarse y dieron por sentado que me llevaría el coche, al día siguiente me iba al trabajo con él y le entregaba las llaves a Gema. Dejé a Anabel en su portal sin bajarme del coche para despedirme, tenía que atravesar todo el centro para llegar a casa de mi abuela y mi prioridad era llegar cuanto ante-s. Encontrar los semáforos en verde me animó a hundir el pie en el acelerador.

No llegué a mi destino, eso queda totalmente aclarado. Estoy metido en una cama, con las costillas rotas, sin acordarme de lo que pasó. Para más complicación, tengo a la policía de homicidios apretándome la cabeza, intentando que le aclare algo de lo que no soy capaz de aclararme a mí mismo."Vaya mierda de control", pensé. Abrí los ojos y él estaba allí, apoyado en la puerta, mirándome con su inamovible expresión de odio. Se acercó despacio, sentándose igualmente en la silla. Sacó de nuevo su libreta y respiró sonoramente.

–Bien –hizo una de sus ya acostumbradas pausas–. ¿Ya estás dispuesto a contarme lo que recuerdas?

–Lo último que recuerdo es que me fui en el coche de un amigo a casa, nada más –me llevé la mano a la cabeza en un acto reflejo.

–No me iré de aquí hasta haber terminado contigo, ¿me oyes? Si te duele la cabeza, te jodes y te aguantas –su mirada era fría y su tono de voz invariable, a pesar de que se le notaba muy cabreado–. ¿Queda claro?

–Ya le he dicho que no recuerdo lo que ha pasado. Lo he intentado, pero no hay forma de acordarme –levanté un poco el tono de mi voz, para hacerle entender que no podía darle la información que me pedía.

–Bueno, pues para eso me tienes a mí –dijo con una mueca–; yo te contaré lo que ha pasado. –Su mirada me desconcertaba y me sentía desnudo. Es como si quisiera sacar mi alma para luego estrangularla.

En ese momento, entró la enfermera en la habitación. Debía controlar mi medicación y a la vez decirle al inspector que debía dejarme descansar, a lo que él hizo omisión descaradamente. Sinceramente, deseé que me administrara algún calmante que me hiciera dormir, algo que me alejase un día más de aquel hombre. Miró su reloj, mi sonda, me cambió el suero y se marchó. La enfermera era una mujer joven, de unos treinta y tantos. El uniforme se le ceñía al cuerpo aumentando su atractivo considerablemente. Una de esas mujeres que hacen que gires la cabeza para asegurarte de que lo que ha pasado por tu lado es real. Era como una de esas fantasías que te hacen revivir en una peli porno. Yo me fijé, tan pronto la vi entrar, hasta que se marchó; él ni siquiera la miró de reojo. Mantuvo su mirada clavada en mí, como si por un ligero despiste –como mirarla a ella– significara mi fuga.

–Bien, chico, ¿recuerdas, por lo menos tu nombre?

–Me llamo Diego –respondí.

–Diego. Empecemos entonces... –acercó un poco más la silla al lateral de mi cama–. Ponte cómodo.

No había empezado todavía y mi corazón corría desbocado. Estaba haciendo todo lo que podía por estar tranquilo, pero era inútil. Una gran ola de resignación me invadía, y yo estaba convencido de que la mejor forma de saber lo que había pasado era escuchar de una vez lo que tanto se empeñaba en aclararme. Notaba cómo el calor se apoderaba de mí y empezaba a sudar. Sus ojos brillaron.

–Tranquilo –dijo con su habitual mueca–. Todo acabará en un momento.

–Estoy tranquilo –dije intentando convencerme más a mí que a él.

–El domingo por la tarde conducías el coche de tu amigo y tuviste un accidente, pero eso ya lo sabes. Estás en el hospital y hasta ahí lo recuerdas.

Hice un gesto de asentimiento. Había bebido, pero tenía todo bajo control. Llevé a Cristian y a Gema a su casa; luego a Anabel. Mis reflejos estaban bien, no me sentía torpe. La situación estaba controlada. O esa era la impresión que tuve en esos momentos. Los hechos acontecidos han demostrado que soy un patán del control.

–Habías bebido –continuó con relativa calma–... Habías bebido bastante –matizó la frase, “bastante”–. Perdiste el control del vehículo y atropellaste mortalmente a una persona, dejando a otra en estado de coma... ¿Eso lo recuerdas?

Sentí cómo mi corazón dejó de latir por un instante. No recordaba nada de aquello, y mucho menos haber atropellado a alguien. La idea de haber matado a una persona me hacía temblar. Las palabras estallaban en mi cabeza una y otra vez. “Asesino”. Dios mío, no puede ser. Él me miraba como esperando una respuesta, mientras, inútilmente, intentaba convencerme de que todo aquello era un sueño, un mal sueño. Desgraciadamente, era tan real como el dolor que sentía al moverme.

–Yo... –era incapaz de explicar algo que no tenía ni la menor idea de que había sucedido–, no sé qué decir, todo está borroso y...

– ¿Que no sabes qué decir? –Se puso de pie de un salto y se acercó a mi lado, olía a libro viejo con una mezcla a jabón lagarto–. ¿Que no sabes qué decir? ¡Maldito borracho, hijo de puta! –sacó dos fotos del bolsillo interior de su chaqueta y las puso en mi regazo: eran fotos de dos jóvenes, la chica me resultaba familiar–. ¡Míralos bien, que no se te olviden sus caras!

La rabia se había instalado en sus ojos definitivamente; se contenía y eso le enfurecía más pues, a mi parecer, sentía ganas de retorcerme el cuello. Su pálida piel se tornaba sonrosada al tiempo que sus ojos escupían furia y se inyectaban en sangre.

Empecé a temblar más aún. Conocía a la chica de la foto, era...

–Le has quitado la vida a una chica de veintiún años. ¿Recuerdas su cara? Trabajabas con ella. El chico con el que estaba –señalando las fotos– ingresó en coma de milagro. Por suerte o por desgracia, tú sigues vivo y lo único que se te ocurre es "¿No sé qué decir?".

Se apartó violentamente de mi cama empujando la silla, resoplando con fuerza, y se dirigió hacia la puerta. Pensé que se iría a fumar un cigarrillo y tranquilizarse un poco antes de seguir atormentándome.

Salió al pasillo y volvió a entrar. Esta vez cerró la puerta y acercó la silla colocando el respaldo hacia delante y se sentó. Sus ojos parecían salir de sus cuencas por la rabia, y creo que si estuviera permitido me habría estrangulado allí mismo. Yo seguía paralizado en la cama, mirando las fotos, mirándole a él, incapaz de encontrar una salida.

–Escúchame bien, escúchame atentamente porque lo que voy a decirte ahora es lo que te espera al salir de este hospital –se puso a los pies de mi cama, apoyando las manos sobre el pequeño respaldo, al que apretaba con tanta fuerza que los nudillos se quedaron blancos. Me miraba fijamente a los ojos–. Dentro de pocos días saldrás de aquí. Te irás directamente a la cárcel hasta que salga el juicio. Haya o no justicia, yo me ocuparé personalmente de que pases un infierno. No permitiré que un puto borracho campe a sus anchas y sufran después las consecuencias personas inocentes que nada tienen que ver contigo.

Hizo una pausa, no sé si para recrearse del miedo que había introducido en mí, o para relajarse un poco. Su respiración se agitó de tal modo que por un momento pensé que le daría un infarto. "¡Joder, solo faltaría que por interrogarme a mí el policía muriese en mi habitación!". Estaba aterrado. ¡La cárcel! ¡Por Dios, no! Mis planes, todo mi futuro, habían perdido sentido en aquel momento. Era consciente de la gravedad del problema en que me encontraba... Asesinato. En mi cabeza no se detenía el fluir de pensamientos. Supongo que, en vano, intentando encontrar respuestas lógicas. Mientras, una parte de la justicia no apartaba los ojos de mí. No sé si esperaba alguna respuesta por mi parte; si era así, carecía de ella. Después de un largo silencio, creo que se percató de ello. Muy despacio se llevó las manos a los bolsillos del pantalón. Miró hacia la ventana, respiró profundamente, y luego me miró.

–Por mi parte, he terminado –dijo, cogió las fotos y las guardó; me pareció ver en sus ojos una pequeña parte de compasión. ¿Sería posible? Si era posible, seguro que no era por mí–. Es duro ver cómo jóvenes como tú tiran su vida y su futuro a la basura, pero es más duro que arrastres contigo a otras personas que no tenían esas intenciones. ¿Serás capaz de mirar a sus padres a los ojos? ¿Podrás compensarles de alguna manera la ausencia de su única hija? ¿Qué me dices del chico que está en coma? ¿Qué le dirás de su chica, cuando despierte... si despierta? Tendrás tiempo para pensarlo. Mucho tiempo, te lo aseguro. Y deseo que cada segundo que pases en la cárcel recuerdes la razón por la que estás ahí. Decir lo siento no basta –se levantó de un salto, un movimiento muy ágil para alguien tan mayor. Ya en la puerta, se giró hacia mí por última vez–. Nos veremos en el juicio.

Dicho esto, salió de la habitación. Quedé absorto en mis pensamientos. Esas preguntas me habían atravesado el corazón con mucha más fuerza que todas las cosas que me dijo anteriormente, y un sabor amargo me subió por la garganta. Había destrozado mi vida, mis sueños. Había destrozado la vida de otras personas. Alicia. Empecé a notar cómo lloraba, impotente al no ser capaz de retroceder en el tiempo y arreglar lo sucedido. Me odiaba por la forma tan inmadura de comportarme. Empecé a desear haber muerto en aquel accidente, pero aquí estoy: mi condena y mi muerte empiezan ahora. Minutos más tarde, Anabel entraba por la puerta. Ella sabía lo ocurrido, así que ahorramos tiempo en intercambiar palabras. Se abrazó a mí y juntos lloramos en silencio.

Tres días más tarde, salí del hospital e ingresé directamente en prisión, tal y como había dicho el inspector García. Pude ver a Anabel y a Cristian el último día que estuve allí, me prometieron que me visitarían en la cárcel hasta que todo se normalizara y así lo hicieron. Anabel me visitaba cada vez que podía, y era de agradecer. Un día antes del traslado me visitaron mis padres. Por increíble que parezca, me alegró más de lo que me imaginaba, la cárcel hace estragos, sin duda. Mi relación con ellos era prácticamente inexistente, así que ya tenían una razón más para arrepentirse de haberme adoptado. He sido siempre un hijo modelo, pero no sé qué sucedía que, hiciera lo que hiciese, nunca era suficiente o estaba mal hecho. A mi abuela le dijeron que me había marchado otra vez al extranjero; enterarse de la verdad la mataría. Ha sido siempre mi apoyo, mi ser más querido. Al seguir todavía convaleciente, me llevaron directamente al área de enfermería lejos de los presos comunes, de momento. El abogado que buscó mi familia fue a verme unos días después a informarme del proceso y los pasos a seguir, y a darme la buena noticia de que el chico al que había atropellado había despertado del coma el mismo día que salí del hospital. No sabía si alegrarme, que razón había para hacerlo; despertaría y no encontraría a la persona que amaba. Seguro que desearía lo que yo: haber muerto en ese instante. Los días pasaban. A veces rápidos; en ocasiones, muy lentamente. Intentaba ponerme en el lugar de ese chico. Por mucho que lo intentara no volvería a verla, nunca. Un dolor agudo se instaló en mi pecho; el peso de la culpa me aplastaba el corazón. Alicia, lo siento. Mi abogado me notificó la fecha para el juicio, enero del próximo año. En parte deseaba que llegara, para acabar con todas las dudas que me albergaban. Algunos compañeros me decían que la pena estaría entre ocho y diez años, con suerte, al ser homicidio imprudente. Por otra parte, no deseaba que llegara nunca ese día, pues mi cuerpo tiembla cada vez que pienso en ver las caras de los padres de Alicia, de ver a su novio. Me enseñarían su foto, como hizo el inspector García, me llamarían asesino; pero no soy un asesino. Aunque ellos guardaran silencio, sus ojos lo gritarían.

El invierno estaba a la vuelta de la esquina, y el frío empezaba a notarse. La navidad se empezaba a notar entre los barrotes. Es increíble ver cómo las personas intentan mantener una vida aquí dentro como si el aislamiento no fuera más que una simple cortina de humo. Muchos reflejaban la ilusión que sentían al pensar en sus familias, pero yo veía en el fondo de su alma la nostalgia de no abrazar a sus hijos cada noche, de no despertar cada mañana abrazado a la persona que amas. Hice lo posible por integrarme y vestirme con ese espíritu navideño que invadía cada celda. Entre risas y villancicos no me sorprendí por la visita de mi abogado. Tenemos que trabajar en el juicio, el día está próximo. La noticia que recibí fue un jarro de agua fría.

–Las cosas han cambiado, Diego. El juicio ha sido pospuesto hasta nuevo aviso.

–No lo entiendo, ¿qué ha ocurrido?

–El chico ha muerto –no podía creer lo que escuchaba. Me levanté en un intento de liberarme de dicha noticia, pero al mirar la cara de mi abogado comprendí que, a partir de ahora, las cosas cambiarían drásticamente–. Murió ayer por la tarde. Como comprenderás, las circunstancias han cambiado, y el juez ha pedido investigar los informes médicos para un nuevo juicio, ya que hay indicios de que la muerte se ha producido por secuelas del accidente. Te prometo que trabajaremos en todo lo que sea posible para conseguir una reducción de la pena. De momento, hay que esperar una nueva fecha.

Esa noche no pude dormir; por mucho que lo intenté, me fue imposible. Al día siguiente, recibí la visita de Anabel. Su rostro reflejaba una gran pena. Le dije que no se preocupase por mí. Antes de fin de año me visitó Cristian, prácticamente llorando, asumiendo parte de la culpa o su totalidad. Mis padres varias veces; son fiestas muy significativas para estar con la familia, y yo estaba ausente. Volví a pensar en Gema, un ángel que se desvanecía poco a poco en mis sueños. Mi tortura cada día era imaginarme en un rincón de la habitación de esos chicos y ver entrar a sus padres, quedarse de pie en la puerta, mirando al vacio. Repetía en mis adentros una y otra vez: “Lo siento, lo siento mucho”. Me resultaba imposible no enlazarlos en mi vida en la cárcel, pues allí estaba gracias a un comportamiento que siempre he rechazado y criticado.

El invierno es duro allí fuera, pero más duro aún encerrado aquí. El calor de la libertad acentuaba el frío que mi alma sentía. “Muchos inviernos, Diego..., quedan muchos inviernos”, me decía una voz en mi cabeza y no sabía si eran palabras de ánimo o de resignación. A veces no me creo con la fuerza suficiente para aguantar tantos inviernos aquí dentro. Cuando voy a dormir cada noche, deseo no despertar al amanecer; pero solo son deseos que, consciente de ello, se desvanecen al salir el sol para volver a florecer en el crepúsculo. Como siempre, el invierno pasa desesperadamente despacio, pero pasa, y con la primavera, los habitantes de esta ciudad empiezan a cambiar sus rostros de expresión gélida por una sonrisa soleada. Una sonrisa enjaulada, pero una sonrisa al fin y al cabo. Como el pájaro enjaulado condenado a cantar, no canta para alegrar la vida de sus captores; lo hace para poder sobrellevar la ausencia de libertad. Aun así, no encuentro un día de alegría. Mi juventud se pudre en esta celda. El juicio se ha fijado para la última semana de abril. En un rincón aislado del patio me dedico a meditar en mis cosas y a observar a la gente que me rodea. Muchos están aquí por asesinato, o intento frustrado del mismo; otros por robo a mano armada, robos con violencia; unos cuantos por tráfico de drogas. Lo quiera o no, ya formo parte de esto, pero me niego a aceptar que mi vida, mis sueños, acaben encerrados aquí. Ellos, al igual que yo, se desviaron en alguna parte del camino. Mis amaneceres me atormentan y aumenta mi desesperación. Y sigo sin encontrar algo que me permita llevar de mejor manera esta situación. Me refugio en los libros; ellos me han hecho viajar a miles de lugares sin moverme de la habitación durante años. Esta celda bloquea mi paso y me impide viajar; mi cuerpo y mi mente se mantienen anclados aquí.

A medida que el día se acerca, mi corazón agoniza. Todavía no había empezado el verdadero infierno. Quedan tres semanas para el juicio y hace ya diez días que no acepto visitas. La acusación pide más de doce años de cárcel. ¡Doce años, Dios! Y no sé cuántos días más podré soportar esta situación. La celda se convierte en un horno por el día y la temperatura desciende por las noches. Noto el abrazo frío de la soledad y cómo la desesperación me invita a jugar con la locura. Dubitativo y distante, mis paseos solitarios por el patio me hacen reflexionar sobre mi situación actual, no dejando escapar ni un solo pensamiento que me aleje de allí, que me permita escapar de este tormento.

Sentado en mi celda, empecé a barajar una remota posibilidad que en un principio intenté desprender de mi mente pero, inconscientemente, adquiría cada vez mayor fuerza. El amor dejó de ser para mí algo fundamental para soñar, para vivir. Hubo un tiempo en que creía que el amor era la mayor fuerza que jamás existía; que amando se podía lograr cualquier cosa. Sueños de un bohemio desterrado. Otra noche sin dormir y ya empezaba a acumular muchas, barajando posibilidades, buscando alternativas. Antes del amanecer, me levanté y me dispuse a preparar mi huida. Lo había decidido.

Sé que nada de lo que pueda decir o hacer cambiará las cosas, soy consciente de que la situación en la que me encuentro, es producto de una decisión errónea e inmadura; aun así, no es excusable. Pedir perdón no basta. Llevo haciéndolo desde que supe lo ocurrido. Con todo, sigo pidiendo perdón, pues yo no soy capaz de perdonarme. Tenía sueños, proyectos y ambiciones que se han desvanecido por completo, nada de lo que pueda decir justifica mi comportamiento y las consecuencias derivadas de ello. Otras personas también los tenían.

No encuentro forma de enmendar mi error. Da igual la cantidad de años que pase aquí dentro: nada volverá a ser lo mismo, ni para las familias a quienes arrebaté la vida de un ser querido, ni para mí, cuya vida encerrada entre cuatro paredes se desvanece lentamente. No es el mejor momento para decir estas cosas, pero es la única manera que he encontrado de pedir perdón. Puede que esta decisión no sea la más acertada, tampoco lo fue la que me ha traído hasta aquí, pero es insostenible esta situación y la idea de seguir vivo y encerrado; la vida no es esto. Lo siento. Lo siento, pero el sol ya no brilla para mí. Nunca imaginé que mi vida acabaría de esta forma; nada ha resultado ser como había soñado o tan siquiera pensado. Está claro que, en algún momento del camino, perdí el control de mi vida y no fui capaz de retomarlo. Ahora, en la soledad, tengo muy claro que no podría soportar este infierno.

Diego.

Esa tarde, en su despacho, el inspector García terminaba de rellenar el informe. Su último informe. Su frialdad e indiferencia contrastaban con su labor y dedicación en cada caso, y este no era una excepción. Archivó todo lo referente al caso y se quedó mirando un buen rato un fax procedente del Instituto Forense y la copia de una carta que le había sido enviado a primera hora de la tarde. Luego empezó a leer, por enésima vez, el informe redactado por el comisario de la prisión, recibido por la mañana. "El amanecer pone ante tus ojos un reto cada día; de ti depende ser capaz de hacerle frente", recordó esas palabras expresadas hace años por su mujer. Sus amaneceres a partir de ahora no tendrán ningún reto que ofrecerle. 16 de abril de 2003. 8:30 a.m. El recluso, Diego R. A., con N.I.P. 4711-C, ha sido encontrado ahorcado en su celda. El aviso fue efectuado por el funcionario de turno, sobre las 7:45 de esta mañana, procediéndose de inmediato al protocolo fijado para estos casos, llamando así a los organismos competentes. El juez de guardia, el médico forense y la autoridad penitenciaria, autorizan el traslado del cuerpo del recluso al Instituto Forense, para.......

Dejó de leer y colocó el informe sobre la mesa. Sacó un cigarrillo. Se lo llevó a la boca como siempre, sin encenderlo. Leyó por última vez la carta, guardó todos los papeles en una carpeta y firmó el último informe referente al caso. Un ligero suspiro se escapó de sus labios. Retiró el cigarrillo y se inclinó hacia atrás. Cerró los ojos y pensó para sí: "Caso cerrado, García..., caso cerrado".

AMANECER (III)

Ese día se levantó más temprano que de costumbre, aunque siempre madrugaba. Han pasado más de cinco años de su jubilación y casi siete desde su último caso. No había razón alguna, ni siquiera sintiéndose enfermo, que le hiciera permanecer en la cama más de las ocho de la mañana. Como todos los días, se daba un paseo hasta una cafetería a tres manzanas de su casa, donde preparaban unas tostadas de muerte. No comprendía cómo hacer una simple tostada pudiera tener tanto secreto, pero todos los días iba a degustar una deliciosa tostada con aceite de oliva y un café con leche fría. El sitio, un bar medianamente pequeño, presentaba el mismo aspecto cada mañana a esas horas. Un total de nueve mesas, tres de ellas con tan solo dos sillas flanqueaban el lado corto de la barra camino a los lavabos. Se sentaba en una de ellas, ya que sería descortés por su parte, sentarse en una mesa más amplia. Eso sin contar el hecho de que la tele se veía mejor desde ese lado del bar y nunca daba la espalda a la puerta. Ver quien entra y hacerle una inspección era parte de su pasatiempo. Se había acostumbrado hacía años a ver las noticias por la tele, tanto leer durante toda su carrera le había fatigado y aunque seguía manteniendo su hábito de lectura; no lo dedicaba a leer "paparruchadas". Ya no recuerda cuando empezó a aborrecer la prensa escrita.

Los clientes con más prisa, se sentaban en los taburetes de la barra, un café y un par de churros y a correr. Algunos jubilados como él, frecuentaban el bar a esa hora, pero con otros planes diferentes; jugaban a las cartas entre copas de anís, comentarios políticos o de futbol si había partido. Empezó a envejecer igual que ellos, pero se negaba a refugiar su angustia de esa manera. La calle empezaba a cobrar vida, miraba a través de la cristalera el ir y venir de personas, una señora de unos cuarenta y tantos, arrastrando a su hijo para no perder el autobús. La cara de agobio de algunos conductores al ver imposibilitada su salida de la calle transversal, las miradas cómplices de los adolescentes. Sus ojos estaban al corriente de todos los movimientos dentro y fuera del bar, y sus oídos en la tele.

Mientras daba un mordisco a la tostada, se reprochaba haber envejecido. "García, estas en las ultimas", decía para sí cada mañana al mirarse en el espejo. Su pelo se había teñido de blanco y las arrugas eran cada vez más pronunciadas, pero envejecer nunca le preocupó; forma parte de la vida. Lo que más le dolía era envejecer solo.

Silente, con paso firme pero sin prisa, daba largos paseos después del desayuno. En su cabeza, la promesa que le hizo a su esposa de que se cuidaría mucho, para poder envejecer con ella. Nunca barajó la posibilidad de volver a casarse, nunca volvió a tocar a otra mujer. Y a veces, solo a veces; le gustaría que alguien le cogiera del brazo al caminar por esa ciudad abstracta, fría, esa ciudad que te hace sentir acompañado; aunque la realidad sea que estas totalmente solo.

NUBES DE BARRO

Sus lágrimas se mezclaban con la lluvia, con la mirada perdida clavada en el epígrafe de una tumba, que la sumía más y más en el oscuro abismo del dolor. No supo quién, pero alguien puso sobre su cabeza un paraguas para evitar así que la lluvia calara sus huesos. Un gesto noble cargado de misericordia, pero a la vez inútil; las lágrimas se encargaban de bañar su cuerpo. Sentía cómo las manos de personas a quienes apenas reconocía la tocaban, la abrazaban; mas ella, sin fuerzas, no correspondía con gesto alguno. Nunca había sentido tanto dolor. En su interior, se repetían de manera constante las palabras que le dijo una vez, hace ya unos cuantos años. "Alex, estas cosas siempre acaban mal". Evidentemente, terminó peor de lo que ella misma podía imaginar. Un trágico final que le consumía la vida misma.

Conoció a Alex en un bar en el que trabajaba de camarero unos seis o siete años atrás, en una de esas abarrotadas terrazas de verano en las que era un delito no sentarse a charlar con las amigas después de un agotador día de trabajo. Un ritual que formaba parte de esas cosas que liberan las cargas que se aglomeran cada día. Le pareció un joven simpático y él puso los ojos en ella desde el primer momento. No era de extrañar que esa terraza se convirtiera en un lugar de visita obligada al salir del trabajo. Pasaron unos días hasta que él se decidió a hablarle directamente.

– ¿Puedo invitarte a tomar una copa? –preguntó sin vacilar.

–Sería descortés por mi parte aceptarla si no hay mismo trato para mis amigas.

–Invitaros aquí a todas no hay problema. Me refería a si estarías dispuesta a quedar conmigo mañana por la noche e ir a tomar algo y conocerte un poco. Y tener la oportunidad de que me conozcas.

Las risas cómplices de las chicas no le detuvieron ni un segundo, y ella vio unos ojos cargados de seguridad y determinación. Era unos cuantos años menor que ella, pero a él eso parecía no importarle. Tras unas miradas de soslayo a sus amigas y unas risas, era de esperar una respuesta que intentara descolocarlo por completo.

–Bien, pues empieza invitando a una ronda y mientras me lo voy pensando –dijo con una amplia sonrisa. Él correspondió con una sonrisa, dejando entrever lo que se proponía.

–Y mientras voy por esa ronda, ¿me dejas tu número de teléfono como garantía? –Evidentemente, dejó a todo el grupo sorprendido y todas aplaudieron en silencio el golpe de efecto que recibió su amiga–. Que la gente se vaya sin pagar no es algo tan grave. Mi jefe me lo descuenta y punto. Que te vayas tú y me quede yo sin la posibilidad de saber si volvería a verte o simplemente hablar contigo, me sumiría en la más terrible de las penas. Porque si te digo que sé dónde trabajas, a lo mejor me denuncias por acoso...

-¿Me estás observando?

-Puede...

Se miraron unos segundos a los ojos, mientras sus amigas guardaban silencio. El tiempo parecía detenerse entre ellos y paulatinamente fueron despertando de aquel trance que los fusionaba en una intensa mirada. Él le dedicó una tierna sonrisa y se marchó, dejando sobre la mesa bolígrafo y libreta; ella, todavía ensimismada, no podía creer que con solo una mirada el corazón se le paralizara. Una vez reaccionó, sus amigas le gastaban bromas y reían. Ella lo hacía también pero, en su fuero interno, empezaba a crecer un sentimiento que hacía más de un año que no experimentaba. Tuvo que apartar aquel pensamiento que, en las noches la asaltaba recordando que podía tener una historia de amor, como siempre había soñado.

Sus amigas hablaban y reían, ella estaba presente pero su mente volaba en busca de recuerdos que desearía enterrar para siempre. Recuerdos que florecían cada vez que un chico se acercaba. Recordaba los tocamientos esporádicos de su padre y la violación por parte de un familiar, cuando contaba con solo catorce años. La llevaron a vivir lejos de los hombres, encontrando refugio y seguridad en casa de su abuela. Diego despertó en ella algo parecido, algo a lo que siempre había sido para ella una especie de tabú. Después de haber estado sumida en una depresión que la llevó a la anorexia extrema y que a punto estuvo de costarle la vida, juró por su vida que no se volvería a enamorar.

Diego era un chico encantador, dispuesto a dar una sonrisa de esas que te alegraban el día. Ella se dio cuenta de que las cosas con él serían distintas pero no bajó la guardia, y la noche de la fiesta en casa de Darío tendría con él lo único que buscaba en un chico desde hacia tiempo: solo sexo.

Pero esa noche, las drogas consumidas y el alcohol hicieron que el gran muro se quebrara y poco a poco se derrumbara ante un chico necesitado de amor, solo amor. Se entregó a él sin pensarlo, proporcionándole a él lo que ella realmente estaba buscando. Su relación, aunque no confirmada, empezaba a crear vínculos fuertes y sabía que él empezaba a quererla, que de verdad le importaba aunque le costara demostrarlo. Todo lo que habían construido hasta entonces sufrió un desplome en efecto dominó: el accidente, la cárcel... el suicidio. Fue a verle al hospital, pero al estar en Cuidados Intensivos en estado de coma no la dejaron ver más que por el cristal. Días más tarde lo encontró despierto. Se miraron, y sin decir una palabra se abrazaron y lloraron en silencio. Ella se sentía tan responsable como él pero, ¿qué podía hacer? Fue un golpe de suerte el último día que estuvo allí, por así decirlo; diez minutos después se lo llevaron a prisión. Le visitó en la cárcel varias veces, pero nunca se imaginó tan trágico desenlace. Y ella nunca tuvo el valor de decirle lo que empezaba a sentir su corazón. Consideró que para él sería una tortura saberlo. Aunque parecía escuchar a sus amigas, seguía sumida en sus pensamientos. La aparición del joven camarero depositando las cervezas en la mesa la devolvió al mundo real. Le vio de pie, a su lado, la libreta continuaba sobre la mesa, mostrando su hoja en blanco. Con gesto serio, cogió la libreta, escribió de forma automática como lo hacen los camareros, arrancó la hoja y se la ofreció para que la cogiera.

–Se supone que a estas invitabas tú, ¿no? –dijo ella con tono irónico. Después de ojear el papel que tenía en sus manos, se dio cuenta de que solo había escrito un nombre seguidos de una serie de números–. Oh, Alejandro, ¿no?

–Alex.

– ¿Alex?

–Sí. Alex.

–Bien, ellas son Cris, Bea, Susi y Yoli. De diminutivos va la cosa – todas rieron el comentario, mientras él seguía de pie, inalterable. Ella le arrebató la libreta que él se había colocado en el mandil, escribió y se la depositó en el mismo sitio, dedicándole una amplia sonrisa–. Gracias, Alex.

–Ha sido todo un placer –sacó la libreta y miró con atención lo que había escrito–, Anabel, te llamo mañana por la tarde.

–De acuerdo.

Esa noche recibió un mensaje: "Esta noche soñaré con tus ojos, soñaré que me sueñas, Alex". Sonrió al ver el mensaje y sintió nuevamente ese dulzor interno al que hace tiempo se negaba a saborear. El chico le gustaba, de eso era consciente. Habría que conocerle, se dijo; pero sin prisas. Los recuerdos la acosaban y amenazaban con cortarle el sueño, leyó nuevamente el mensaje y recordando a aquel chico, se quedó dormida.

El día fijado no hubo cita; se encontraba bastante indispuesta, así que lo pospusieron para dos días más tarde y ambos conectaron a la perfección. Tenían gustos casi idénticos y se podía decir que ambos empezaban a formar un complemento perfecto el uno para el otro. Aún así, sentía que algo en su interior le atormentaba, él nunca hablaba de su pasado y pensó que solo sería cuestión de tiempo que se abriera a ella. En el fondo, Anabel se resistía a la historia de una relación larga y estable. Ella también se guardaba cosas de su pasado, cosas que la hacían sentirse sucia. Muchos secretos que la hacían prisionera, y esperaba que el tiempo le diera la llave para salir de esa prisión. Ambos eran guardianes de secretos del pasado; quizás, cuando él esté dispuesto a compartirlos con ella, ella correspondería con el mismo gesto. Pero como todo era cuestión de tiempo y Alex tenía en su poder un almacén de persistencia, al cabo de unos meses ella estaba segura de querer empezar el viaje con él. Las cosas iban bien entre ellos y sus respectivos amigos compartían el mismo sentir; con respecto a la posibilidad de vivir juntos, era cada vez más clara.

Cuando las cosas van bien, el tiempo no se detiene para que las disfrutes más. Después de casi un año, decidieron vivir bajo el mismo techo. Anabel vivía en un piso pequeño bastante céntrico, heredado de su abuela. Alex, en cambio, aunque trabajaba en el centro, vivía muy a las afueras en un piso compartido. Pero ambos tenían la determinación de que aquello funcionaría, y habían apostado fuerte para que diera los mejores resultados. No pudo evitar pensar en Diego y si la posibilidad de vivir juntos habría cambiado el curso de los acontecimientos. Toca mirar al futuro, dijo su voz interior.

–Esta es la última caja –dijo Alex, acusando la fatiga de cargar con ella por la escalera.

–Bien, pues solo nos queda empezar a organizar –hizo una pausa y le miró con ternura y una pequeña mueca en los labios–. Pobrecito mi niño, qué cansado estas... –mientras rodeaba su cuello con un delicado abrazo.

– ¿Nos vamos a la ducha? –preguntó y la mirada cómplice de ella delataba lo que se avecinaba durante y después de la ducha.

Las cajas quedaron amontonadas en una habitación, a esperas de "el próximo fin de semana", que serían ordenadas y así dar por concluida la mudanza. Maniática del orden, le resultaba imposible e impensable que las cajas estuviesen ahí amontonadas hasta que llegase el fin de semana. Una tarde al llegar del trabajo se puso manos a la obra.

Empezó con las maletas. "La ropa ha de ir en su sitio y si necesita buscar algo para ponerse, mejor en el armario que rebuscar en las maletas", pensó. Una vez toda la ropa, estaba depositada en la cama, era cuestión de "jugar al Tetris", decía para sí; pues consideraba que todo puede caber mejor si se sabe cómo colocarlo. Más aún viviendo en una casa tan pequeña como la suya. El piso constaba de dos habitaciones, la más grande era el dormitorio principal; en la otra, había una cama pequeña que le servía a Anabel de dormitorio cuando vivía su abuela. Ahora se quedó como habitación de reserva, cuando venían a dormir sus amigas. No presumía de ser la mejor en el juego por nada. En una hora había colocado y clasificado toda la ropa de Alex, dejando impoluto orden en el armario de la habitación pequeña. De forma inconsciente afloró la idea de, en un tiempo no muy lejano, buscar una casa más grande.

Alex llegaría sobre las diez. "Me queda tiempo de sobra para algunas caja más; colocaré los libros y hare la cena", pensó. Rebuscó entre algunas cajas y fue separando las que asomaban ligeramente una portada de un libro. Al final, dos cajas de mediano tamaño, portadoras de libros a los que les miraba la portada y según del tipo de libro en cuestión, la mueca de su cara era señal evidente de sus gustos en la literatura, los cuales coincidían poco. Con todo, empezó a colocarlos en la librería por tamaño y grosor. Las cajas que contenían zapatos y zapatillas deportivas se quedaron arrinconadas en la habitación pequeña, trasladando al pequeño salón, solo aquellas que su contenido iría a parar directamente al mueble y las estanterías.

Curiosamente, la siguiente caja, a pesar de ser del mismo tamaño, solo contenía siete libros. El espacio restante de la misma era ocupado por unos paquetes cuadrados, envueltos con una especie de cinta de embalar. En total había unos veinte paquetes más o menos; cada uno de ellos era un poco más grande que un teléfono móvil, gruesos como una cajetilla de tabaco. Cogió uno de los paquetes y lo examinó detenidamente; eran compactos, bien prensados. Su intuición femenina le marcaba un camino y como esa intuición no le ha fallado nunca, tomo la decisión de seguirlo. Se dirigió a la cocina y cogió un cuchillo, introdujo la punta por un extremo del pequeño paquete y abrió una brecha por la que salía, junto con el cuchillo, un fino polvo blanco. Su instinto levantó los brazos celebrando la victoria, ella sabía lo que era aquel polvo blanco, incluso lo había consumido varias veces años atrás pero, la cantidad que allí había, no era la habitual para un consumidor, a no ser que...

Dejó el cuchillo en el fregadero y volvió a meter el paquete en la caja. Se dejó caer en el sofá, buscando alguna explicación lógica para su descubrimiento. Pensó por un momento en volver a colocar los libros en la caja y llevarlos a la habitación, como si no pasara nada; pero no sería la forma correcta de actuar. Lo mejor sería esperar a que Alex llegara y aclarara aquella molesta situación. Terminó de colocar el resto de las cosas, aplastando las cajas vacías y amontonándolas en un rincón. Se fue a la cocina y empezó a preparar la cena, dejando la caja abandonada en el salón, mientras, sus pensamientos empezaban a divagar en busca de una respuesta, en busca de las respuestas posibles de por qué su chico, le ocultaba algo de esa magnitud. Claro está, que de haberlo sabido desde el principio, no habría empezado nada con él. "Tú también ocultas cosas" le reprochó una voz en su interior. Recordó vagamente cuando el primo de su madre, ocho años mayor que ella le ofreció todo tipo de drogas.

–Nunca sabrás lo que es si no lo pruebas. Es la mejor forma de enfrentarse a ellas –decía.

–Las drogas crean adicción. No quiero convertirme en una drogata.

–Jajaja, ahí solo llegan los tontos. Mírame a mí; yo no soy un drogata. El truco está en saber controlar tu cuerpo.

Aprovechando una noche que salieron juntos, la drogó y la violó. Cada vez más enganchada a las drogas, pasó la mayor parte de su adolescencia desintoxicándose de ese cóctel mortal que envenenaba su cuerpo. Su mentor, por así decirlo, apareció muerto cerca de la zona de bares del centro de la ciudad. Nunca contó la violación sufrida por él, pero en su familia sabían que malgastaba su vida y que solo era cuestión de tiempo. "Estas cosas siempre acaban mal", decía su madre. Veinte minutos después, Alex entraba por la puerta, alejándola de los recuerdos del pasado y obligándola a enfrentarse a la realidad del presente. Debía ser valiente y plantar cara, de lo contrario su futuro, se convertiría en un montón de despojos y escombros.

–Hola, cariño –dijo al cruzar el umbral y sus ojos se dirigieron de inmediato a la caja que se encontraba a los pies de la librería. Un vistazo rápido le bastó para darse cuenta de que sus libros estaban colocados de manera impoluta en el estante y, por consiguiente, la caja que había en el suelo había desvelado su contenido–. Ya estoy en casa –su tono había cambiado; el entusiasmo había desparecido.

–Estoy en la cocina –contestó ella y él no supo distinguir el tono de su voz. ¿Distante, amargo? Su mirada seguía fija en la caja que yacía en el suelo, en espera de ser rescatada. Era consciente de que todo paso en falso abriría una brecha en una relación que apenas empezaba a navegar y, tarde o temprano, por esas brechas, se hundiría. Decidió olvidarse de la caja.

–Hola, cariño –dijo otra vez mientras la abrazaba y le regalaba un beso–. Ya veo que has estado entretenida, pero habíamos dicho que lo haríamos juntos el fin de semana.

–Ya, pero quería ordenar todo y así el fin de semana nos queda libre; para disfrutarnos –era incapaz de mirarle a los ojos–. La cena ya casi está. Dúchate mientras termino.

–Bien, una ducha rápida y enseguida estoy contigo –le dio otro beso y salió de la cocina.

El agua caía por su cuerpo arrastrando los restos de su jornada laboral, pero su cuerpo no conseguía relajarse. Los sombríos pensamientos que empezaban a agolparse en su cabeza se aferraban a él, y el agua caliente era incapaz de desprenderlos. El pez grande se veía por primera vez acorralado, sin ninguna posibilidad de escape.

Ya en la cena, ninguno de los dos dijo nada con respecto a la caja y su contenido. A ella se le notaba ausente; a él, de manera indescriptible, tranquilo. Por su manera ausente, infrecuente en ella, supo sin lugar a dudas que lo había descubierto. El silencio sería demasiado incómodo, pensó. Una reacción que le había salvado de muchos atolladeros ha sido siempre golpear primero, así que no lo dudó pues, cuanto más alargara lo inevitable, más incontrolable sería la situación.

– ¿Te encuentras bien, cariño? –dijo en tono melancólico, mirándola tiernamente. Ella dudaba si contestar directamente a la pregunta y aclarar su hallazgo, o simplemente seguir esperando a que sea él quien decida aclarar algo que a su parecer no debería estar en su casa.

–No, no me encuentro bien –respondió, al tiempo que se levantaba de la mesa. Se dirigió hacia la caja y la arrastró hasta la mesa, sacó un paquete y lo puso sobre la mesa–. ¿Me quieres explicar que es esto? Alex, ¿qué cojones hace esto en mi casa?

– ¡Eso no es mío!

–Estaba entre tus libros, no me digas que no es tuyo o que no sabes de quién es –sus ojos se clavaron en los de él; su furia aumentaba por momentos, mientras él permanecía sentado, mirándola de forma casi inexpresiva–. Bien, si no es tuyo ahora se lo envío a su dueño por correo retrete.

–Deja que te lo explique –dijo levantándose rápidamente de la silla para impedir que todo terminara en las alcantarillas–. No es mío, te lo juro; tiene dueño pero no es mío.

Sus ojos intentaban explorar sus pensamientos y descubrir si decía la verdad. Con un ligero movimiento de brazo, devolvió de forma rotunda el paquete al lugar de donde procedía. Dio unos pasos hacia atrás y se cruzó de brazos, esperando la explicación. Una explicación que debería ser lo suficientemente real y coherente para olvidarse del momento en que abrió la maldita caja. Alex vio la determinación en sus ojos y procedió a explicarlo en un tono tranquilizador.

–Eso es de mi jefe –dijo al tiempo que apartaba con el pie la caja. Era vital no darle importancia–. Me pidió hace unas semanas que se lo guardara, ya que en el bar no puede. Según él, le están vigilando y yo soy una persona en la que confía. Me dijo que solo serían un par de días, que sus contactos vendrían a por ella y a mí me agradecería el favor con una buena propina y la renovación del contrato.

–Alex, estas cosas siempre acaban mal –dijo acercándose a él despacio–. Además, te ha hecho chantaje, no puede pedirte un favor como ese. Si te pillan con eso él no irá a la cárcel; tú sí.

–Ya lo sé, pero entiéndeme; el mercado laboral no está para tirar cohetes y una renovación por un par de años nos daría tranquilidad –la rodeó con sus brazos y la apretó fuerte contra su pecho–. No quiero que te falte nada, quiero que lo tengas todo conmigo. Y según parece eso vale mucho dinero, así que me daría una buena propina.

–Cariño, lo tengo todo contigo; no necesito que le guardes la droga a ese cabrón –cogió su cara entre sus manos y le miró con dulzura–. Saca esta mierda fuera de nuestra casa, fuera de nuestras vidas; esto solo trae problemas. Nada de esto sale bien; nunca sale bien.

–Quédate tranquila. Mañana hablaré con él.

–No, mañana se la llevas –dijo de forma tajante–. Si permanece más tiempo aquí termina en el desagüe y tú en la puta calle. Quiero esa mierda fuera de esta casa cuanto antes, y cuanto antes es mañana.

Ambos acordaron no volver a hablar más del tema, y Alex prometió no volver a prestarse para ese tipo de favores. Metió todos los paquetes en una mochila y la colocó junto a su ropa para el día siguiente. A ambos le costó coger el sueño y la inquietud era similar en uno y en otro. A la mañana siguiente, una extraña sensación la inundó al ver a Alex salir por la puerta, portando la mochila con aquel pasaporte al infierno. Un par de semanas después, Alex le entregó un sobre con al menos diez mil euros. Era la propina que le prometieron.

Una vez olvidado y enterrado aquel incidente, la vida volvió a la normalidad. El tiempo pasaba feliz y la pareja empezaba a disfrutar de tiempo y cierto desahogo económico, lo cual permitía darse el capricho de alguna que otra escapada romántica. Los negros nubarrones que empañaban su felicidad empezaban a desvanecerse, trayendo consigo unas blancas nubes de algodón, pequeñas e ingrávidas en manos del viento.

La noticia del embarazo les pilló por sorpresa a ambos. La alegría brotaba por doquier, mientras se hacían planes de futuro con el nuevo miembro de la familia. Era evidente que el cambio de casa se hacía más necesario que nunca. Después de hacer conjeturas y cábalas respecto a lo que venía de camino, la ecografía del séptimo mes despejó la duda: era niño. Ambos lo celebraron con una cena familiar. La vida les sonreía y Anabel, viendo cómo Alex sonreía, supo que había tenido la mayor de las suertes. Tenía como pareja a un buen hombre, honrado y trabajador; su hijo, tendría como padre a un buen ejemplo a seguir. Ambos coincidieron en el nombre; se llamaría Abel. Alguien dijo alguna vez que quien era bueno en familia era también buen ciudadano. Anabel compartía ese pensamiento. Alex había dejado el bar y emprendía nuevos horizontes como comercial de una empresa alemana que, aunque le mantenía de vez en cuando lejos de su familia, estaba lo bastante lejos del indeseable alcance del dueño del bar y sus turbios negocios; y eso para Anabel significaba el mejor desenlace jamás esperado. Su don de gentes y su gran capacidad para relacionarse lo situaban en ese tipo de escenario. Ella lo apoyó en el cambio y le animó a que lo hiciera. Confiaba en él. Cuando nació el niño, Alex se encontraba fuera de la ciudad. Condujo de noche cientos de kilómetros para intentar estar en el hospital al salir el sol. Una vez allí, la felicidad mostrada era imposible de contener. A ella, aun cansada del esfuerzo, su sola presencia le resultaba confortable.

–Es un niño precioso –dijo acercándose a ella y llenarla de besos–; tan precioso como la madre. ¿Estás bien, cariño?

–Sí, amor –contestó con lágrimas en los ojos–. Ahora estoy bien. Te dije que no hacía falta que vinieras conduciendo de noche; tenías que haber dormido y salir de madrugada.

–Pensé hacerlo, pero tenía muchísimas ganas de veros, de saber que estabais bien.

–Estás loco, pero seguro que es la causa por la que te quiero.

–Yo también te quiero, mi cielo.

La vida en casa seguía su rutina; todo seguía manteniendo el ritmo habitual. Las condiciones económicas empezaban a mejorar muy notablemente. Ahora el cambio de casa empezó a ser una realidad, y en unos meses empezó el cambio a una nueva casa más grande, más alejada del centro de la ciudad. Alex salía una o dos veces por semana fuera de la ciudad, pero en cambio los incentivos eran bastante buenos y los horarios cuando estaba en casa, muy flexibles. Aunque no hacía falta, Anabel decidió, pese a la objeción de Alex, volver a trabajar. El pequeño Abel, con poco más de un año, entraba por primera vez en la escuela infantil, mientras su madre volvía a trabajar en su antigua empresa. "Las cosas nos van muy bien; sería mejor para todos que te quedaras en casa cuidando del niño", intentaba en vano convencerla. Evidentemente, no era razón suficiente para quitarle a ella su determinación de volver al mundo laboral. Se quedaron atrás las pequeñas escapadas; las vacaciones ahora se realizaban por todo lo alto. Ciudades europeas en compañía del pequeño Abel se convertían en visitas obligadas para un fin de semana. Ya se hacían planes de las futuras vacaciones en pareja, tan pronto el niño creciera. Esos incluían viajes por países del continente africano, Australia y la India, sin olvidar el recorrido por Europa subidos a un tren. No existía derroche, ambos empezaron a marcar la pauta del ahorro y así garantizar los estudios de su hijo. Gran parte del dinero empleado en dichos caprichos provenía de los incentivos de Alex, el sueldo apenas se tocaba y la mitad de éste, iba a parar a la cuenta del pequeño Abel. Era evidente que las cosas en la empresa le iban bien. Anabel nunca dudó de su don de gentes, su carisma y su trato negociador. No era de extrañar que lograra los objetivos marcados y le dieran cada vez más responsabilidades. Los años no hacían más que afianzar su tranquilidad. La hipoteca y los gastos de la casa se cubrían de sobra con el sueldo de Alex, y ella con el suyo cubría los gastos de su hijo. Ambos ahorraban dinero suficiente para vacaciones y caprichos y la posible llegada de vacas flacas.

– ¿Qué te ha pasado? –preguntó al verle llegar a casa, con golpes en la cara, apresurándose hacia él.

–Me han atracado esta tarde –dijo con una leve sonrisa en los labios, intentando en vano restarle importancia al asunto–. Pero no te preocupes, estoy bien. En serio.

– ¿Has puesto la denuncia?

–No he denunciado –contestó mientras rebuscaba un paquete de guisantes en el congelador–. Esas cosas no sirven para nada. Además, tenía ganas de llegar a casa.

–Hay que llamar a la empresa y decirles lo que te ha pasado. Mañana no vayas a trabajar y quédate en casa descansando.

–Ya lo he hecho, tranquila –se abrazó a ella–; me han dado dos días libres, me quedaré en casa. El buen aspecto es fundamental para este negocio.

–Llamaré y les diré que no iré –dijo con tono decidido–. Me quedaré contigo.

–No, ve a trabajar –soltándola y dirigiéndose a la habitación–. Estoy bien. Me doy una ducha y me meto en la cama. Mañana estaré tranquilo en casa, hace mucho que no me tomo un día libre. Y aprovecho para llevar al niño al colegio, así no tiene que madrugar tanto.

Así transcurría el tiempo, de manera imperturbable tanto para las alegrías como para las penas. Anabel disfrutaba de su hijo gracias a la flexibilidad de su horario. Alex mantenía su ritmo habitual y su carga de trabajo lo hacía viajar dos y tres veces por semana. Una tarde de otoño, Anabel se encontraba en el parque con el pequeño Abel, que ya contaba con tres años y medio. El parque era un lugar muy concurrido en primavera y verano, una vez empezaban las lluvias otoñales poca gente se decidía pasar por allí. Anabel tenía claro que su hijo debía ser fuerte ante las adversidades climáticas, igual que los niños del norte del continente. No llovía ni hacía mucho frío, así que un rato al aire libre siempre era beneficioso.

Un coche rojo parecido al de Alex se detuvo frente al parque, una pareja bajó y caminando sin prisas se acercó allí donde estaba jugando con su hijo. Eran dos hombres, de aspecto serio y vistiendo de manera informal, vaqueros y zapatillas; uno de ellos con americana, su pelo ondulado no le cubría del todo la cicatriz que le descendía de la parte trasera de la oreja hasta el cuello; el otro llevaba una chaqueta de cuero y gafas, encendiendo despreocupadamente un cigarrillo. Les miró fijamente y un escalofrío le recorrió la espalda. Maldijo en silencio encontrarse sola en aquel parque.

–Buenas tardes –saludó cortésmente el hombre de la chaqueta de cuero.

–Buenas tardes –contestó.

– ¿Eres la mujer de Alex, verdad? –ella dudó un instante. A Alex le conocía mucha gente, aún así asintió con desconfianza.

–Sí, ¿quiénes sois vosotros? –preguntó, intentando que su tono no mostrara su estado de alarma.

–Ese debe ser su hijo –dijo el otro acompañante. El otro asintió con la cabeza llevándose el cigarrillo a la boca y Anabel empezó a ponerse nerviosa. Abel seguía ajeno a la conversación sentado en el arenero, enterrando su rastrillo, intentando amontonar la arena.

– ¿De qué conocéis a Alex?, ¿Quiénes sois? –mientras recogía las cosas del niño y se preparaba para abandonar aquel lugar cuanto antes. Una pala y un cochecito cayeron al suelo cuando, sin mostrar ningún miedo, cogió a su hijo en brazos. Estaba asustada, pero estaba decidida a proteger a su hijo de cualquier peligro. Pero muchas veces, el miedo es más fuerte y vence. Sintió como se soldaban sus huesos y le paralizaba el cuerpo.

–No tan deprisa –dijo el de la americana sujetándola del brazo, apartando con un gesto de la otra mano la americana, para que ella se fijara en la pistola–. Solo queremos colaboración por tu parte. Si hay colaboración, nadie sufrirá daños.

–Eso es –dijo su compañero mientras tiraba la colilla al suelo, se quitaba despacio las gafas y sacaba un pañuelo del bolsillo de su chaqueta para limpiarlas–; no nos gustaría darte la advertencia que le dimos a tu marido la última vez.

–Le dejamos la cara como un Cristo –se jactaba su compañero con una risa burlona que mostraba unos dientes amarillentos. Ambos rieron ante la incrédula mirada de Anabel, que inconscientemente miraba de reojo la pistola.

–Solo queremos que le digas de nuestra parte –se colocó las gafas pausadamente con un gesto imperturbable ante la cara horrorizada de la joven, que ahora rodeaba al niño con sus brazos – que todavía estamos esperando. Que se deje ver y que no nos haga enfadar; de lo contrario, las consecuencias serían nefastas.

– ¿Quiénes sois? ¿Qué queréis de él? –su tono reflejaba pánico. Los juguetes del niño se le resbalaban de las manos. Y el pequeño luchaba por regresar al suelo. Su viejo instinto despertó de su letargo para zarandearla por dentro.

–Él sabe quiénes somos –dijo, al mismo tiempo que hacía una señal con la cabeza a su compañero–; solo encárgate de que reciba el mensaje.

Ambos se alejaron despacio, de la misma forma en la que llegaron. El hombre de la americana miraba hacia atrás, comprobando la efectividad del mensaje. Les vio subirse al coche; no apartó la mirada hasta que el coche desapareció calle arriba.

De repente se sentía sin fuerzas, las piernas no podían mantenerla en pie. Dejó al niño en el suelo y empezó a llorar incontrolablemente. Le resultaba increíble lo que le acababa de suceder. Le fallaban las fuerzas para incorporarse. Respiró hondo e intentó tranquilizarse a sí misma. Su hijo, en un acto reflejo se mantenía a su lado, observándola en silencio. Cogió a su hijo y lo abrazó. Las fichas del dominó empezaron a caer en su cabeza y la última de éstas, caía por un precipicio sin fin.

–Mami está bien, vamos a recoger los juguetes y nos vamos a casa.

Recogieron las cosas y se fueron caminando sin prisas. La verdad es que no tenía fuerzas suficientes para hacerlo de otro modo. En el camino le asaltaban las preguntas. La conversación mantenida anteriormente con los desconocidos la llenaba de dudas respecto a la relación que debería tener Alex con ellos. En un primer momento pensó que eran policías, pero no. Esa idea fue rechazada de inmediato. Entonces paró en seco y sintió cómo le volvían a fallar las piernas. “Le dejamos la cara como un Cristo”. “Una advertencia”. “Consecuencias”. Volvió a visualizar la ficha de dominó caer al vacío.

Los pensamientos estallaban en su cabeza como botellas de cristal en la pared. Decidió que lo mejor sería llegar a casa y esperar a que Alex le diera sentido a todo aquello. En el trayecto llamó a su teléfono sin resultado alguno. Los nervios empezaban a aflorar y no tenían intención de marcharse. Notó cómo le empezaba a temblar todo el cuerpo aún así, sacó fuerzas para llevar a su hijo a la protección de su hogar. Cerca del portal vio dos coches de policía y, junto a los agentes que allí aguardaban, se encontraba su vecina Carmen, quien al verla la señaló con el dedo. Carmen era la portavoz oficial de radio patio, así que se podía esperar cualquier cosa, ya que ella misma procuraba estar en el meollo de cualquier asunto.

– ¡Anabel, hija! –gritaba–. Ven, cariño; ¡esto es terrible!

–Buenas tardes –dijo el más joven de los agentes–. ¿Vive usted en el segundo derecha?

–Sí – dijo vacilante y un nudo se formó en su estómago. Después de su encuentro en el parque, cualquier cosa era posible– vivo aquí. ¿Ha pasado algo?

–Ay, hija mía –interrumpió Carmen, ejerciendo con profesionalidad su labor de informadora–. Una desgracia...

–Tranquilícese, señora –dirigiéndose el policía a la alarmada vecina y preguntando posteriormente a Anabel–. ¿Vive usted sola?

–No –en ese momento se sentía desorientada y no era de extrañar después de lo sucedido anteriormente–. Vivo con mi marido y mi hijo.

– ¿Dónde se encuentra su marido?

–Está trabajando. ¿Qué ha sucedido?

–Han forzado la cerradura y han entrado en su casa –explicaba el agente, y ella sentía que le caía un enorme peso en los hombros–. Ahora subiremos con usted, necesitamos hacerle unas preguntas.

Las manos le temblaban y no atinaba a encontrar el teléfono en el bolso. "Tengo que localizar a Alex", era su único pensamiento. El agente le hablaba, invitándola a que le acompañase para hacer un informe policial una vez vistos los daños causados; pero ella no era capaz de escucharle. "Esto no puede estar pasando" se repetía como un mantra, para evitar desplomarse allí mismo, mientras escuchaba la voz del contestador invitándola a dejar un mensaje. Debía ser fuerte, tan fuerte como otras veces en su vida pasada. Recordó las palabras de su padre, "La vida está llena de muros, unos hay que escalarlos y otro hay que romperlos; pero para ambas cosas debes ser fuerte". Cogió al niño en brazos, debía protegerlo de todos, de todo. Volvió a marcar y obtuvo el mismo resultado. "Alex llámame, es una emergencia".

Salió de sus pensamientos de forma abrupta al sentir que alguien la tomaba del brazo, su mente la transportó al momento de su más reciente pesadilla, y tras comprobar que quien lo hacía esta vez era un agente de policía, se dejó guiar. Con tan solo abrir la puerta del ascensor, empezó a ver parte del horror que le esperaba dentro. La puerta casi estaba arrancada de cuajo. Entró despacio, con el miedo reflejado en sus ojos. En el salón, todos los cuadros de la pared estaban en el suelo, hechos añicos. Los sillones estaban rajados completamente, y el resto del mobiliario patas arriba. El televisor se encontraba en un rincón, mostrando todos sus circuitos internos. En general, toda la casa presentaba un panorama similar. De repente, un pensamiento atravesó su cabeza como un haz de luz producida por un relámpago: "¿Qué habría pasado si nos encuentran en casa?". Según informaron los agentes, la hora del allanamiento se efectuaría en horas laborales, ya que ningún vecino fue alertado por los ruidos.

–Yo salí esta mañana al trabajo después de dejar a mi hijo en el colegio –contaba al agente–; por la tarde lo recogí y nos quedamos en el parque.

Por alguna razón que no comprendía, decidió no decir nada de la visita de los dos hombres hasta hablar con Alex. Pero su yo interior persistió y al final le contó a la policía lo sucedido en el parque. Deseó que todo acabara cuanto antes.

– ¿Ha localizado ya a su marido? –preguntó el otro agente.

–Todavía no. Ahora voy a llamarle de nuevo –las manos le temblaban y se veía cada vez más sumida en el pánico.

Luchaba por contener las lágrimas. Más aún cuando el teléfono continuaba apagado o fuera de cobertura. Solo pudo dejarle otro mensaje en el contestador: "Alex, por favor llámame cuando escuches este mensaje, es urgente". Pensó en llamar a la empresa de su marido cuando se dio cuenta de que, nunca le había facilitado el número. "Mi teléfono siempre está operativo, debe estarlo siempre. Forma parte de mi trabajo. Además, solo voy a la oficina si hay alguna reunión importante" le dijo Alex una vez. Y era verdad, él siempre estaba viajando. Viajando.

– ¿Tiene donde quedarse hasta que localice a su marido? –Preguntó el agente y ella contestó asintiendo con la cabeza.

-Puedes quedarte en mi casa Anabel –dijo Carmen desde la puerta. Ofrecimiento que rechazó educadamente.

Tenía muy claro dónde pasaría la noche; lo más lejos que le sea posible de esa casa. Aunque tenía donde ir, no quería acudir a nadie que pudiera socorrerla. No confiaba en nadie. El sueño de un hogar donde vivir felices los tres se había transformado en una horrible pesadilla. Miraba a su alrededor y todo, todo estaba en ruinas. Recogió en una bolsa de deporte un poco de ropa para ella y el niño, cosas imprescindibles, y mientras lo hacía pensaba en por qué Alex tardaba tanto en devolverle la llamada. Volvió a llamarle y obtenía el mismo resultado. En el transcurso de la salida de su destrozado hogar, hasta ya instalada en la habitación de un hotel... repitió incontables veces la comunicación con él, sin éxito alguno.

Una vez dormido el pequeño, se dio una ducha para despojarse en gran parte de todo lo acontecido en el día, que la provocaba una sensación de repugnancia. Allí, bajo el chorro de agua cayendo sobre su cuerpo, se derrumbó y cedió a las lágrimas. Se había hecho fuerte y ahora se daba cuenta de que estaba completamente sola, y la impotencia le ganaba terreno por momentos. Tras su desahogo, miró el teléfono y su decepción aumentó; no había señal alguna por parte de Alex. Su petición de socorro había pasado desapercibida ante él, y una nube negra se posó sobre su cabeza. Comió un par de galletas y uno de los batidos de Abel. Sentía que su estomago se cerraba. No fluía ni un solo pensamiento positivo, y la desesperanza la abrazaba tan fuerte que le ahogaba el llanto. Aunque el cansancio empezaba a arroparla, el sueño había desaparecido como la niebla matutina al despuntar el alba. Sentada en un sillón con la habitación en penumbras, su cabeza empezó a encajar el puzle que siempre había estado delante de sus narices y no se había dado cuenta. Su intuición no fallaba y lo supo el primer día, pero su deseo ferviente de llenar ese vacío que una vez pudo ocupar Diego la hizo vulnerable. Por supuesto que se alegró de que Alex dejara el bar y cambiara de trabajo, aunque no era normal ganar tanto dinero en tan poco tiempo. Pero él estaba ahí para ella, para su hijo cada vez que lo necesitaba y eso la hacía sentir segura y no darle mucha importancia a lo que ocurría; hasta ahora. Ella trabajaba y su sueldo quedaba íntegro en su cuenta; Alex siempre le proporcionaba dinero suficiente, más que suficiente. No había dudas: Alex no había dejado ese asqueroso mundo.

El supuesto atraco y su negativa a denunciarlo... "Le dejamos la cara hecha un Cristo"... Las piezas del puzle estaban claras y en pocas horas le habían proporcionado las últimas: la visita de esos dos hombres al parque, la casa... El hecho de que a él se lo haya tragado la tierra, le hizo pensar lo peor.

Al final el cuerpo no pudo con la presión y entre lágrimas se quedó dormida.

Apenas pudo dormir, y el sol la encontró tumbada en la cama, abrazada al pequeño Abel. El teléfono seguía sin dar señales de vida. Entonces fue cuando comprendió que debía poner la denuncia de su desaparición. El sonido la sobresaltó mientras el niño desayunaba, contento de estar de vacaciones, y ella sintió cómo le daba un vuelco el corazón y le fallaban las fuerzas; el cuerpo le temblaba y dejó de obedecerle unos instantes. Tomando el control nuevamente alargó la mano, y el nombre de Alex en la pantalla hizo que su corazón casi se saliera del pecho.

– ¡Alex, por Dios!, ¿dónde estás? –no pudo retener sus lagrimas. Temblaban sus manos, su voz. Su hijo la miraba sin comprender.

–Cariño, sal de la casa y espérame en el bar, frente al colegio –decía de manera acelerada.

–No estoy en casa, la han destrozado. Te he estado llamando cada hora, joder.

– ¿Estáis bien? ¿Dónde estás? Cariño, voy a buscarte ahora.

–Estoy en el Hotel Diamante, Alex, ¿qué está pasando?

–Estaré allí en veinte minutos, espérame abajo. Te quiero.

– ¡Alex!... ¡Alex!

La impotencia ante la nueva situación la quemaba por dentro. Era incapaz de analizar su tono de voz, ¿preocupado? ¿Inquieto tal vez? No daba crédito a lo que estaba pasando; escondía la cara entre sus manos buscando refugio y un solo pensamiento se forjaba en su cabeza con rabia; en veinte minutos encontraría las respuestas, sí o sí. Recogió sus cosas, se recogió el pelo en una coleta y esperó en la sala del hotel, agradeciendo que el cambio de turno de recepción borrara la imagen que causó al llegar. Pensó en si debería importarle la impresión de parecer una loca histérica. Pocas cosas importan del resto a estas alturas y su cara de trasnochada era una de ellas. Los nervios la impedían sentarse, así que decidió esperar fuera hasta que vio aparecer el coche.

–Vamos, sube, ¡date prisa!

–Alex, ¿qué coño está pasando? –estaba decidida a sacarle la información del reciente infierno en el que ella y el niño se han visto enterrados–. ¡Llevo llamándote toda la puta noche, ¿dónde cojones estabas?!

–Lo siento cariño, pero no lo he hecho hasta que he comprobado que era seguro para ti y para Abel –se le notaba bastante alterado, nervioso, sin rumbo–. ¿Cómo estas campeón? –dedicándole una fugaz sonrisa y entregándole un cochecito de juguete lo que hizo que el niño gritara de alegría.

–Bien. –Exclamó mientras su padre le ataba el cinturón de la silla y se distrajo en su mundo infantil rápidamente.

– ¿Seguro? ¿En qué andas metido, Alex? –intentaba impedir dar rienda suelta a sus emociones, pero éstas estaban dispuestas a salir-..

–No estoy metido en nada, cariño. Te lo juro

– ¡Y una mierda! –La rabia empezaba a aflorar a través de su mirada–. Dos tipos me han abordado en el parque mientras jugaba con tu hijo, diciendo que te dejaras ver o tomarían represalias. Después me encuentro con la casa totalmente destrozada. No logro que me devuelvas una puta llamada hasta que no lo has visto seguro, ¿y me dices que no estás metido en nada?... ¡Que te jodan cabrón!

–Solo hice un trabajo, vale. Había perdido el trabajo de comercial y me ofrecieron mucho dinero, joder. Era una buena oportunidad para daros lo mejor. ¡No sé por qué coño ha salido mal!

– ¿Un trabajo? ¿No te das cuenta que nos han podido matar a tu hijo y a mí por ese puto trabajo?

–Tranquilízate, Anabel.

– ¡No me da la gana tranquilizarme! –Dijo con un grito tan aterrador que asustó al pequeño que iba a su lado–. Estás metido en drogas, lo has estado siempre y me has mentido; esos tipos te buscan por eso. Maldito cabrón embustero. ¡Para el coche! –gritó al tiempo que el niño empezaba a llorar.

–Tenemos que buscar un lugar...

– ¡Que pares el puto coche, joder! –Le interrumpió, y esa llamada de desesperación hizo que parara; rápidamente desabrochó al niño, cogió la bolsa y empezó a bajar del coche–. Aléjate de nosotros, maldito mentiroso hijo de puta.

– ¡Anabel!...

Se alejó sin mirar atrás, apretando con fuerza al niño contra su pecho. Alex la llamaba desde el coche, pero sin tener el valor suficiente para correr detrás de ella. Se perdió entre la gente sin mirar atrás, desde ese momento todo había terminado. Desde ese momento decidió no saber más de su vida, aunque en el fondo le quería y se preocupaba por él.

Mes y medio después las cosas volvían a su relativa normalidad. Eran las primeras navidades sin su padre y, ante la pregunta de su hijo, en muchas ocasiones ya no sabía qué contestarle. Había noches en las que realmente le echaba de menos y pensaba cómo Alex pudo hacer una vida cubierta de mentiras y constantes engaños. Demasiados secretos. Es Géminis, le dijo su amiga Susana una vez. Evidentemente, llevaba muy arraigado eso de tener dos caras; había jugado sus cartas de una manera impoluta, hasta que el "trabajo" le salió mal. Esas cosas siempre salen mal, con todas las repercusiones que eso conlleva. Las veces que ha llamado, le pasa el teléfono al niño. Cuando él ha pedido ir a verles, ella se ha negado en rotundo. Había decidido hacer su vida lejos de él. Pero no tan lejos...

–Buenas tardes.

–Buenas tardes. Lo ha recogido ya su padre –le dijo la maestra.

–Eso no es posible –decía incrédula.

–Ha venido después de la hora de comida y me ha dicho que tenía cita con el pediatra.

No encontraba palabras. Desorientada, salió a toda prisa del colegio con el móvil en la mano. Sus manos temblaban y era incapaz de coordinar los movimientos de sus dedos. Se alejó tanto como pudo del colegio y buscó sin serenidad alguna el número de Alex.

– ¿Qué coño te pasa por la cabeza, tío?

–No te sofoques; es mi hijo y tengo el derecho a verlo. Me estás negando ese derecho.

– ¡Tienes derecho a una mierda! –empezaba a levantar el tono, mientras gesticulaba de forma agresiva–. Quiero que me traigas el niño ya, ahora.

–Joder, es imposible hablar contigo. Déjame estar con él un par de horas y te lo llevo a casa.

–Quiero que me lo traigas ahora.

–Por favor, Anabel, llevo meses sin verlo. Te juro que no volveré a hacerlo pero, por favor, déjamelo un par de horas más –la notó vacilar–. A las siete estoy en tu casa, te lo prometo; confía en mí.

–No puedo confiar en ti –tenía el gesto serio y su tono de voz, delataba las pocas ganas de discutir con él por teléfono; así que, pese a su enfado, cedió a la lógica. Al fin y al cabo, era su padre–. A las siete quiero al niño en casa, ni un minuto más.

–Gracias, Anabel. Sabes...

–Ni un minuto más –le interrumpió–; como te retrases, llamo a la policía. Lo digo en serio.

–Tranquila, a las siete estaré allí. Te lo prometo.

Se reprochaba de la decisión tomada. Se consideraba estúpida por haber cedido. Le quería, a pesar de todo le seguía queriendo, pero el abismo que ahora les separaba hacía impensable una reconciliación. Mirar el reloj se hacía insoportable por lo que decidió bajar a la calle a esperar. Había vuelto a su antiguo piso, se lo había alquilado Cristina, su compañera de trabajo que poco antes del traumático suceso, regresó a Córdoba a ultimar sus planes de boda. Se cobijó de la fina lluvia debajo del toldo de la frutería junto al portal, miraba a todos los lados a que apareciera el coche con la angustia devorándola con descaro. Miró el reloj de su muñeca, las siete y diez minutos; el reproche dio paso a la culpabilidad y a la desesperación. "¿Cómo pude fiarme de él?, ¡seré imbécil!" Llamó inmediatamente al móvil. Apagado o fuera de cobertura. "Este maldito hijo de puta se va a enterar", se decía para intentar tranquilizarse. Veinte minutos después, tras varios intentos inútiles, decidió llamar a la policía. En poco tiempo apareció allí una patrulla, recopiló los datos necesarios para la búsqueda y en vano intentaron tranquilizarla; se sentía demasiado culpable. Con el antecedente del robo y destrozo de la antigua casa, una patrulla de policía plantó guardia en el portal.

Las horas se amontonaban sobre sus cansados ojos; pasaba ya la medianoche y no había noticia alguna de su paradero. "Mi pequeño". Se asomaba a la ventana intentando atrapar el sonido del llanto de su hijo, pero la noche se negaba a consolarla. Mecánicamente, marcaba cada cinco minutos para encontrarse con la misma respuesta. Familiares y amigos la acompañaban, pero se sentía sola; parte de su vida no estaba allí con ella. Estaba agotada. El sol la encontró sentada en la cocina, con una taza de café entre las manos.

Aunque agradecía la compañía de sus amigas, sentía un vacío enorme. Sus vecinos estaban pendientes de ella y la animaban a que comiera algo, pero era totalmente imposible; su mirada solo volvería a reflejar su habitual brillo cuando pudiera estrechar a su hijo nuevamente. La policía apareció a media mañana indicándole que les acompañara, pues tenía que identificar un cuerpo hallado en las inmediaciones de una obra. No tuvo fuerzas para seguir en pie; todo empezó a oscurecerse... Al recobrar el conocimiento, se encontraba dentro de la ambulancia del servicio de emergencias. Un psicólogo estaba a su lado. Era el momento de emprender un amargo camino y toda la ayuda posible se puso a su disposición. Aún así, se encontraba perdida, caminando dentro de un laberinto interminable donde escuchaba la voz de su hijo alejarse más y más de ella. Las nubes empezaron a abrazar al sol hasta que este quedó totalmente cubierto de un manto gris, impidiéndole aportar un solo rayo de esperanza. Poco tiempo después, la lluvia se hizo dueña de la ciudad, paseándose con su lúgubre sonido haciendo eco en las ventanas.

El reconocimiento del cadáver, el posterior trauma sufrido y la frase hecha promesa por parte de la policía – "Todavía seguimos sin encontrarle, pero tranquila que le encontraremos, se lo prometo"– habían arrojado su vida a un abismo en el que seguía descendiendo en caída libre. La ilusión por vivir menguaba según pasaban las horas. Buscaba razones que justificaran su estancia en este mundo, empezó a creer que ya nada valía la pena. No era capaz de vislumbrar el futuro; todo lo que la rodeaba era el horrible presente y los recuerdos del pasado. Quería olvidar todo lo demás al mirar fijamente el epígrafe de la tumba. Solo quería evocar los mejores momentos, pero el futuro empezaba a oscurecerse como aquella mañana de finales de enero, demasiado gris. El cielo acompañaba su pena llorando amargamente y empapándolo todo, de la misma manera que sus lagrimas mojarían eternamente su corazón. "Siempre acaban mal, muy mal", dijo mientras miraba fijamente una foto donde unos ojos le taladraban el alma, exprimiendo con fuerza sus entrañas. Matándola lentamente.

Debajo se leía:

Abel Martínez Sosa
2007 - 2011.
Que los Ángeles sigan
La luz de tu sonrisa.

En el informe policial se daba como desaparecido a Alejandro Martínez Vidal, posible autor del asesinato de su hijo y dado a la fuga. Semanas después se encontraba un cuerpo tiroteado, en un vertedero, a las afueras de la ciudad. Se desligaba así la posible implicación directa del padre, acentuando el asesinato del pequeño como daños colaterales. El informe cerró la investigación y finalizó con la ya acostumbrada frase: "Ajuste de Cuentas". Estas cosas siempre acaban mal, repetía una y otra vez. La vida de Anabel se fue apagando lentamente y su familia decidió ingresarla en un centro de salud mental. Por las noches tenía largas conversaciones con su hijo, también con Diego y era feliz. Quizás decidió quedarse en ese mundo con las personas que quería, quizás era mejor eso a estar sola en una realidad convertida en escombros.

REFLEXION DE UNA ESPERANZA

Hace ya mucho tiempo que rebusca entre escombros y basura, tiempo que cada día ha aprovechado para seguir su camino en la lucha por sobrevivir en una gran ciudad, en un país lejos del suyo y sin ninguna esperanza de regresar. A él llega como un sueño lejano, una pesadilla que se disipa al amanecer y que pronto espera que desaparezca por completo. En la intemperie, cubierto por un puñado de cartones y decorado el cielo con un inmenso manto estrellado, recuerda que en su tierra, lejos de la contaminación lumínica, se cuentan por millones. Las estrellas han sido su compañía desde que llegó a este país, y nunca pierde la esperanza de poder verlas cada noche; aunque más que un deseo, ver las estrellas se convierte en una meta.

Contaba con unos dieciocho años cuando una noche clara, pasando la luna a cuarto menguante, los gritos de la aldea despertaron a toda la familia. Su madre los sacó a él y a sus dos hermanos por la parte trasera y les dijo que corrieran sin mirar atrás; ella no podía seguir sus pasos al tener que llevar consigo a un niño pequeño de apenas un año, así que se escondería lo mejor posible. "Corred sin parar y no volváis la vista atrás; esconde-os", fueron sus últimas palabras. Era la cuarta aldea que había sido atacada en lo que iba de semana por grupos radicales étnicos. Gritos desgarradores y numerosos disparos se oían a sus espaldas; un alarido a su derecha les hizo detener. Una bala perdida había alcanzado a su hermana en la parte inferior del omoplato izquierdo, haciéndola caer de bruces. Él y su hermano intentaron en vano incorporarla y continuar la marcha. Un ligero gemido les produjo un escalofrío, y una tosca exhalación daba por terminada toda esperanza. Depositaron con suavidad el cuerpo de la niña y continuaron su desenfrenada huida, tal y como ordenó su madre, sin mirar atrás.

Así pasaron meses de agonía en los que las plegarias a sus dioses se perdían en el hermetismo creado entre cielo y tierra, sin obtener respuesta alguna, sin saber qué les esperaría al día siguiente. Fuera de las fronteras dieron con un pequeño grupo. Curiosamente no eran refugiados ni personas que como ellos huían de la masacre que azotaba la zona, eran errantes soñadores provenientes de diversos países cercanos que entre otras cosas se llamaban a sí mismos caminantes de la esperanza. La idea era alcanzar países donde poder sembrar sus ilusiones, fuera del continente africano. Los dos jóvenes se unieron a lo que consideraban, de momento, su única vía de escape, su camino a la esperanza. Así lo consideraron al escuchar las historias contadas por miembros del grupo, hablando de países donde había comida en abundancia, la gente vivía en paz y los niños eran felices lejos de las continuas y miserables secuelas de las guerras. Provenían de una remota aldea del norte de Uganda; por su paupérrimo nivel educativo, África se convertía en algo tan inmenso como el cielo y creaba dudas en si sería posible alcanzar tan idílico lugar algún día; más aún llevando meses caminando y solo contemplaban más hambre y miseria allí por donde pasaban. En ocasiones bebían su propia orina para no morir de sed; cualquier insecto en el camino se convertía en un delicioso manjar. Las plegarias llamaban con fuerza a las puertas del cielo, pero los dioses no respondían. Él y su hermano Silima fueron testigos de violentas peleas y actos tan crueles como violaciones continuas a alguna de las mujeres que formaban el convoy. Lamentaba la muerte de su hermana Tajjah y al mismo tiempo se alegraba de que no corriera la suerte que sus ojos contemplaban al caer la noche. Las mujeres eran de uso colectivo a cambio de protección; pero, ¿protección de que tipo?

Habían perdido la noción del tiempo. Caminaban durante todo el día, y según la aridez de la zona en cuestión lo hacían de noche, mientras la alegría y la ilusión del principio se derretían bajo el sol abrasador o aprovechaban la oscuridad de la noche para esconderse. Algunos decidían quedarse en según qué zonas del trayecto, seguramente considerando imposible llegar a tan idílico lugar. Esa fue su rutina durante poco más de un año. Un par de días antes de salir de Argelia, su hermano Silima enfermó. Continuaban la marcha a su ritmo, lejos del resto del grupo, sin olvidar ni un momento su meta; nunca hubo intención de volver a casa. Ambos llegaron a un asentamiento al norte de Marruecos dos semanas después que el grupo que formaron al principio; con un pequeño grupo que se iba formando cada día con personas que buscaban el mismo sueño. Silima estaba cada vez más débil y la fiebre comenzaba a aumentar. No hay mucho que hacer en un país que no conoces en el cual no tienes para comer y mucho menos para encontrar medicinas, y debes mantenerte casi invisible, oculto entre los arboles del monte Gurugú, a esperas del mejor momento. Sus compañeros preparaban el asalto a la gran muralla. Planificaban el asalto masivo, pues era la única garantía de que algunos pudieran cruzar al otro lado. No iba a ser tarea fácil cruzar esas enormes vallas, una era tarea difícil, cruzar tres resultaba una proeza casi imposible. Lanzarse en avalancha era la alternativa con más posibilidades de éxito. Su hermano estaba cada vez mas enfermo, así que decidió esperar hasta que mejorara. No había manera de conseguir trabajo y menos aún, dinero. Había que permanecer ocultos, era esencial hacerlo para lograr el éxito. Gracias a algunas personas que subían de vez en cuando algo de pan, latas de legumbres podían alimentarse, pero no era suficiente. La luz de la pequeña hoguera iluminaba sus pensamientos, todos ellos concentrados en llegar a esa buena tierra y empezar un nuevo futuro. Los gritos ahogados de una joven le devolvió a la realidad, la socorrían dos mujeres que formaban parte del grupo, una nueva vida venía al mundo. ¿Qué futuro le puede esperar a una criatura, que nace en un lugar perdido? Se tumbó junto a su hermano bajo una tienda hecha de retales de plástico atado a la rama de un árbol. Se quedó dormido barajando la otra posibilidad, cruzar el mar. Para ello necesitaría dinero y la mafia le llevaría hacia la nueva tierra, pero no tenía y no sabía cómo conseguirlo, lo que mantenía más lejos aún la posibilidad de llegar al paraíso prometido. La policía marroquí era despiadada, había que actuar con extremo cuidado. Silima empeoraba cada día. Y con ello se disipaba la idea de saltar la valla, que en principio se convertía en el camino más corto y en principio, menos arriesgado.

- Aguanta hermano, ya estamos cerca – le animaba con entusiasmo. A lo que Silima respondía con una leve sonrisa – descansa, mañana por la noche embarcaremos hacia un nuevo futuro.

Tras varios intentos, en los que muchos lograron alcanzar su objetivo, la mayoría regresaba con heridas provocadas por las cuchillas colocadas en la valla para persuadir al intruso. Algunos con lesiones por caer desde lo alto de la valla y otros corrían peor suerte al caer en manos de la policía marroquí. Pero cuando la desesperación y sobre todo, el no tener nada que perder prevalecen como la única alternativa de vida, un millón de vallas con cuchillas no te detendrán jamás. Con el último fracaso en el intento de saltar la valla, muchos decidieron arriesgarse por otro medio y una noche, todos empezaron a preparar el viaje planeado para el anochecer, todos excepto Silima.

Todos miraban el cuerpo del joven yaciendo en el suelo; los ojos de los presentes reflejaban una realidad permanente a la que se enfrentan estos peregrinos que se juegan la vida en busca de una mejor esperanza. Le ayudaron a enterrarlo, sintiendo ellos el dolor de haber perdido a un compañero. Su tumba quedó escondida en un pequeño bosque, donde seguramente no sería el único residente. Mueren lejos de su tierra, de su gente; mueren lejos de sus sueños. Muchos saben que podrían acarrear la misma suerte de aquel joven, o peor al ser engullidos por el mar; pero, ¿qué motivo hay para no hacerlo? Si no tienes nada más que tu vida, ¿qué razón hay para echarse atrás? Solo hay un camino y solo hay una vida para andarlo. En sí misma, la vida es un camino lleno de altibajos, obstáculos y espinas; pero también de ilusión y esperanza. Los días avanzaban muy deprisa hasta convertirse en meses y los pequeños hurtos garantizaban cada día su billete a una nueva vida. La tarde empezó a caer y el nerviosismo se apoderaba de los aventureros; la hora está próxima. A su espalda, dejaba ya la tumba del único lazo familiar; ante sus ojos, unas débiles y destellantes luces en el horizonte señalaban su ansiado destino. La noche era clara pese a la ausencia de la luna y el mar estaba en calma, sereno. Aunque no había nada que llevarse a la boca, por recomendación no había cenado, ya que así, le decían, se mitigaba la sensación de mareo producida por el mar. Era la primera vez que lo veía de cerca y se sintió infinitamente pequeño, pensó en enviar otra plegaria a los dioses pero decidió dejarlo para el último momento.

–Es una noche ideal –dijo el patrón de una estructura parecida a una embarcación, con sus ojos clavados en el inmenso cielo–. No habrá problemas en cruzar.

Antes de la medianoche, empezaron a embarcar con más miedo que ilusión. A media noche se repetiría un nuevo salto a la valla, la suerte por fin le sonreía ya que, la policía estaría pendiente de lo que sucedía en el otro lado. La embarcación, algo endeble a simple vista y a no tan simple, tenía capacidad para unas diez o doce personas a lo sumo; esa noche viajaban alrededor de cuarenta y cinco personas, entre las cuales se hallaban cuatro mujeres, una de ellas con el niño que nació en tierra de nadie. Recordó la suerte de su hermano pequeño. Murió al lado de su madre. Mejor así que morir en una tierra sin alma, solo. Repasó en silencio los rostros de los ocupantes y reconoció a una de las mujeres; fue violada en varias ocasiones por integrantes del mismo grupo que subirían también a la embarcación. No estaba seguro, pero parecía estar embarazada. A otra de las mujeres la habían violado hacía menos de una semana. La vida tiene la peculiar cualidad de mearse en tu cara cada vez que se le antoja, pensó. Una vez dentro del endeble cayuco, llegaba la hora de enfrentarse a la gran masa de agua, de la cual solo había oído hablar en su peregrinaje. Una gran masa de agua como jamás se había conocido, capaz de tragarse los barcos llenos de personas sin dejar huella. Las estrellas se perdían en el firmamento y la oscuridad les empezó a envolver, decidió mantener la vista fija en aquellas pequeñas luces en el horizonte. Agua, oscuridad y el sonido del destartalado motor de la embarcación impedían que entrara algún pensamiento, algún rayo de esperanza. En sus caras se reflejaba el miedo mezclado por una cierta luz de incertidumbre al contemplar, ya muy cerca, su ansiado destino. Después habría que afrontar los escollos de su interminable odisea al llegar a la orilla: la guardia costera, la policía de fronteras que estará al acecho. Pero eso es solo una pequeña probabilidad, dijo el patrón antes de embarcar. Una vez en pleno mar, ninguno apartaba la vista del objetivo a alcanzar; nadie miraba atrás. No se divisaba peligro alguno de ser interceptados por la guardia costera y todo marchaba según lo previsto; el viento cálido y la tranquilidad del agua auguraban que todo saldría bien, hasta que un barco asomó por estribor. Como no hay que correr riesgos, el patrón apaga el ruidoso motor y da la señal para que todos estén preparados para lanzarse al mar. Cuando apenas quedaban algo más de cien metros escasos, empezó a girar y hacer señales con los brazos; era el momento de abandonar la embarcación. Tomando en cuenta que muchos no saben nadar y otros no habían visto el mar en su vida, aun estando relativamente cerca la orilla, era una opción suicida; pero una vez llegados ahí, era la única opción. Empezaron a saltar uno a uno y nadaban o mantenían a flote su cuerpo como su instinto de supervivencia les guiaba. Otros disponían de una especie de flotador fabricado con botellas vacías, que a duras penas les mantenían a flote. Emprendieron desesperadamente rumbo a esa parte del mundo que parecía estar al alcance de la mano. El patrón encendió de nuevo el motor de la embarcación y aceleró para el camino de vuelta, dejando tras de sí una estela blanquecina y un olor a combustible. Para los que se encontraban en el agua, se hacía eterno el camino para lo cerca que se veía. El agua estaba fría y muchos emitían ruidos extraños. El bebé empezó a llorar al contacto con el agua. Todos se afanaban por lograr llegar a la orilla. Fue una bendición del cielo poder apoyar los pies en tierra firme, aunque el agua le llegara todavía hasta las orejas. Una vez en la orilla, algunos empezaron a correr en diversas direcciones para ocultarse cuanto antes. Él y otros pocos se detuvieron un momento para ayudar a quienes lo tenían más complicado. Ayudó a una de las mujeres, pero no vio al bebé. Miró hacia atrás, buscando quizás el punto de partida. Allí, muy lejos, dejó todo lo que era. Dejó sus raíces, su familia. Al otro lado del mar, donde la oscuridad reinaba, dejó un camino por el que no regresaría.

Imitó al resto y echó a correr, y sintió cómo se le formaba un gran vacío en el pecho. Aun en la tierra de las esperanzas tenía que seguir huyendo y esconderse para preservar su vida. Deambuló perdido por unos montes cercanos, y a medias se dejaba ver por la ciudad para buscar comida entre los cubos de basura. Había aprendido a ser un fantasma en su travesía. Poco a poco empezó a vislumbrar la realidad, una de la que no había oído hablar en todo este tiempo. No existe la tierra que emana leche y miel, la tierra llena de oportunidades y de esperanza; pero una vez aquí después de tardar en conseguir este objetivo casi dos años hay que continuar haciendo lo que ha hecho siempre desde niño: sobrevivir. Comía frecuentemente de la basura, dormía acompañado de mendigos a las puertas de la iglesia. Allí empezó a aprender un poco el idioma, gracias a Manuel, que lleva en la calle casi tres años tras destruir su vida y la de su familia por culpa de la bebida. También Fátima, una ludópata incurable y otros inmigrantes en similar situación a la suya, los cuales formaban una comunidad donde ayudarse mutuamente era su principal código ético. Encontró algo parecido a un trabajo; catorce horas diarias por la irrisoria cantidad de diez euros diarios y un plato de comida. Única opción disponible. Al tiempo, decidió salir de los pueblos de la costa y adentrarse en una gran capital. "Cuanto más grande sea el sitio, más oportunidades para mejorar", le dijo Manuel. "Y cuanto más grandes, más indiferente es la gente" le recordó Alfonso. Otros le advertían que, cuanto más grande es la ciudad, los problemas son más fáciles de encontrar.

Unos meses después, se encontró con una enorme y desarrollada ciudad como no había imaginado nunca y se sintió insignificante. Mantuvo el mismo método utilizado hasta ahora; dormía en los bancos de los parques o en la puerta de alguna iglesia, continuaba rebuscando en la basura su sustento y comprobó el gran derroche de los habitantes de esta gran ciudad. Empezó a ganarse unos euros imitando a muchos inmigrantes que se dedicaban a señalar los sitios libres a los conductores. Los sitios estratégicos como hospitales, oficinas de atención al ciudadano, entre otras, estaban plagados y generaban mucha competencia.

Decidió continuar con esta práctica alejado de esos focos que atraían cada vez más a más buscadores de esperanza como él. Un supermercado a dos manzanas de la iglesia donde dormía fue su elección. Guiaba los coches de los clientes del establecimiento. Los días fueron pasando al vertiginoso ritmo de la gran ciudad convirtiéndose en meses, en los cuales no veía, ni por asomo, el idílico lugar que relataban sus compañeros en aquel largo viaje. Las frías noches, mucho más frías que en la costa sureña del país, le congelaban las esperanzas de un día mejor que el anterior. Presenció palizas a mendigos, y en más de una ocasión tuvo que correr para evitar ser linchado por un grupo de jóvenes radicales. “Es la misma forma de vida desde que nací; nada había cambiado, ni siquiera en la tierra que prometía grandes ilusiones y una vida en paz”, pensaba por las noches antes de dormir, aguzando siempre el oído por si había que salvar la vida nuevamente. Alguna que otra vez deseó haber muerto como todos los miembros de su familia. Llega un momento en la vida que tanto huir cansa demasiado, las heridas duelen cada vez más y te rindes.

Después de aquellos incidentes, cada vez más frecuentes, se alejó de forma moderada del centro para situarse cómodamente en una especie de descampado dedicado al depósito ilegal y esporádico de escombros, basura y demás desperdicios de los habitantes de la zona. Allí se encontraba seguro, tranquilo, hasta que una noche unos disparos le hicieron vivir la noche en que asaltaron su aldea y asesinaron a casi toda su familia. A punto estuvo de salir corriendo, pero recordó rápidamente donde se encontraba. Avanzó arrastrando su cuerpo con el sigilo de una serpiente. Divisó dos hombres de pie, armados con pistolas; estos a su vez, miraron a su alrededor y descargaron tres disparos más hacia el suelo. Uno de ellos comprobó visualmente la zona, mientras el otro daba un paso hacia delante y se agachaba. Minutos después, se marchaban despacio, riendo y comentando algo que no logró entender.

Esperó paciente hasta comprobar que el sonido del vehículo de aquellos hombres se perdía en el opaco silencio de la noche. Decidió acercarse y comprobar qué había ocurrido, sin prestarle atención a la voz interior que le gritaba ¡Corre! Se aceró despacio y con prudencia, sin dejar de mirar a todos los lados y agachándose casi involuntariamente. Con un mechero que le permitía hacer fuego en las noches frías y a la vez servía para calentar las latas de comida descubrió ante la débil luz el cuerpo de un hombre joven, acribillado a balazos. Retrocedió un paso con la clara intención de marcharse de ese lugar cuanto antes, pero su instinto de supervivencia le habló y le retuvo el tiempo suficiente para registrar aquel cadáver. Se agacho despacio, un poco nervioso, y al encender el mechero otra vez se encontró con el destello de un bonito reloj. Sintió un poco de reparo ya que el cuerpo mantenía todavía un poco de calor, pero la necesidad de mantenerse vivo era demasiado grande. "Lo siento", pensó. Con cuidado y rapidez despojó al desafortunado de su reloj. Con su mirada pendiente de todos los flancos hurgó en los bolsillos y encontró unas llaves, un teléfono móvil apagado, puede que roto, y una cartera. En la cartera encontró dinero que no se detuvo a contar y sonrió sin remordimiento alguno. La sonrisa se desvaneció al ver una foto de una familia sonriente, una mujer, un niño y el desafortunado que yacía muerto a su lado. Su última adquisición fue un anillo. Devolvió la cartera al lugar donde la encontró y abandonó el lugar esa misma noche. Al día siguiente, vendió el anillo por unos veinte euros y se quedó con el teléfono como resguardo. En esta jungla urbana están acostumbrados a vivir como si no existiera un mañana, él más que nadie sabía lo que depara cada amanecer. Se sentía afortunado aunque dormiría esa noche en el parque, pero ya tenía dinero suficiente para garantizarse al menos no comer de la basura hasta poder hacerse un hueco en este país tan sorprendentemente distinto y, a la vez, tan parecido al suyo. Se mata, se muere; se lucha cada día por sobrevivir. Se acercó el reloj a la oreja y así comprobar que ese pequeño instrumento seguía latiendo. Sonrió nuevamente y la luz de su sonrisa se perdió en la oscuridad del callejón donde se había refugiado.

Al día siguiente se levantó con la primera luz del sol. Compró un bocadillo y un vaso de café. Ya estaba listo para dedicarse otro día más a su trabajo de aparcacoches por el sueldo de la caridad, desprendiendo migajas de la realidad que le había tocado, regalando a todo a el que se cruza en su camino una gran sonrisa. A quien acababa de aparcar..., a la señora que sale de la farmacia, a la niña que va en compañía de su abuela..., al señor de pelo blanco que le mira desde el otro lado de la calle, frente a la clínica dental. Ya en la noche, mientras se acurrucaba entre cartones, se regocijó en la suerte que la realidad de este país le brindó entre basuras y escombros, y se durmió soñando un futuro. La realidad en la que vives impide que sueñes con algo mejor, pero soñar, es algo que ni la más cruda realidad debe arrebatarte. Puede que mañana tenga que correr para salvar su vida como lo ha hecho siempre, pero mientras llega ese momento, decidió no mirar atrás y prepararse para cualquier cosa que el destino le reservara. Cada amanecer es una nueva oportunidad, un nuevo camino a la esperanza de conseguir aquello que sueñas.

AMANECER (IV)

Días más tarde, las noticias hablaban de un cadáver encontrado en un descampado, al que se le suele dar uso como vertedero por los vecinos de la zona. Era aquel joven a quien la policía atribuía el asesinato de su hijo y que daba por fugado fuera del país. Su cuerpo abatido a tiros, indujo a la policía a creer que se tratase de un ajuste de cuentas y que el niño, su hijo, solo fue una víctima colateral, posiblemente a cargo de sus captores. Degustaba sus tostadas habituales cuando la noticia llamó aún más su atención. No dio crédito al enterarse de la identidad del cadáver. Se trataba de aquel chico. Aquel muchacho indefenso ante el mundo, que fue capaz de ablandarle el corazón en aquel juicio. ¿Cuánto tiempo ha pasado?, quince años como poco. Ya no lo recuerda. Sí recordó que sintió lastima por él en aquel entonces y volvió a sentirla ahora.

–Este mundo es un jodido pañuelo –resabiaba entre dientes al tiempo que limpiaba con una servilleta los restos del café de sus labios.

La noticia empezó a herirle, cuando los reporteros empezaron su cruzada informativa, detallando que aquel hombre asesinado había matado a su padre con varias puñaladas, hijo a la vez del que fuera vicepresidente del anterior gobierno. Sobre este caso se anunciaba un amplio reportaje, donde se desvelaría el oscuro pasado de esta familia y los detalles de sus oscuros secretos. «Este sábado por la noche le ofreceremos en exclusiva todos los detalles de este caso que ha conmocionado a la opinión pública. También les brindaremos una entrevista en exclusiva con familia de la madre del niño asesinado y mostraremos documentos inéditos sobre los años en prisión de los miembros de la familia Martínez». Vio la foto de Anabel, la recordaba.

Salió del bar como cada día, apenas prestando atención al grupo que jugaba a las cartas. Muchas veces pensaba en si su soledad sería más confortable abatiéndola con una partida de cartas y una copa de coñac. Pero enseguida su voz interior le gritaba que ese estilo de vida nunca ha estado entre sus planes. Decidió no volver a ver las noticias durante un tiempo. Este caso volvería a levantar el dolor que tantos años le ha costado enterrar. No olvidaba, y no le dolía recordar a su familia; le dolía el que se le diera importancia a ese tipo de cosas, a ese tipo de personajes sin tener en cuenta a las víctimas.

Caminaba por la calle notando cómo le invadía un toque de nostalgia. El deseo de ser policía no se iría de él hasta que exhalara su último aliento de vida. Vio como un joven africano se afanaba levantando los brazos a todo vehículo que pasaba, indicando un sitio donde aparcar. Cosas de la gran ciudad a la que él, finalmente, terminó sucumbiendo. Se detuvo un momento frente a la clínica dental para ver la sorpresa que esa gran ciudad había preparado para él. Eso decía, que esta ciudad siempre se buscaba la forma de sorprenderle para que no se fuera. Cada día había una excusa para aprisionarle. Nunca se había fijado y le resultó bastante curiosa la manera que tenía aquel joven de ganarse la vida. Desde el otro lado de la calle, pudo divisar en su cara el infierno por el que probablemente había pasado hasta llegar aquí y terminar de aparcacoches a expensas de la buena voluntad de quien siguiese sus indicaciones. Curiosamente, veía en sus ojos un brillo de esperanza, de infatigable lucha por sobrevivir. Saludaba con alegría a una niña que iba acompañada de su abuela. Se cruzaron las miradas y el joven le sonrió. Una sonrisa amplia, sincera, en un mundo carente de todos los valores necesarios. A veces, resulta gratificante que una gran ciudad como esta, fría y distante pueda de una manera especial, brindarte una sonrisa. “Faltan más sonrisas“, solía decir su esposa. Se preguntaba cómo habría ella aguantado en la gran ciudad. La echaba mucho de menos. El pequeño Juan sería una inestimable compañía en este viaje. Era imposible no evocarle cada día, imaginar la sensación de orgullo al verle entrar por primera vez en la universidad. Puede que sus nietos también estuvieran con él al final del camino.

Un enorme suspiro se escapó, puede que consciente de ello, para indicarse a sí mismo que había que reanudar la marcha y otorgarle a cada sentimiento su lugar y hora.

–Lo que yo decía –dijo en un murmullo al tiempo que emprendía la marcha–: un jodido pañuelo lleno de mocos, y todavía hay algún loco con ganas de sonreír.

Se perdió calle abajo en el despertar ilusorio de la gran ciudad donde cada día, se amontonan los escombros.

INDICE

INTRODUCCIÓN

PRÓLOGO

AMANECER

ATARDECER

ANOCHECER

AMANECER (II)

LA DESPEDIDA

EL TERCER POEMA

EN LAS PUERTAS DEL INFIERNO

AMANECER (III)

NUBES DE BARRO

REFLEXIÓN DE UNA ESPERANZA

AMANECER (IV)

©Nell Alfau

Biografía.

Roberto García.

Nació en Santiago de los Caballeros, Rep. Dom. 1971.

Locutor de radio por la Escuela Técnica de Santo Domingo.

Reside en España desde hace más de 30 años. Colaborador en el periódico de Villaverde a principios de los 90's, escribiendo artículos sobre la inmigración. Es Técnico en Prevención de Riesgos Laborales.

En su faceta literaria, escribe desde los trece años, destacando en los cuentos y la poesía. En su trayectoria tiene publicado "Cosas mías... quizás tuyas" (2010), "Taxi libre, taxi ocupado" (2012), "Cosas que olvidé decirte..." (2013) "Conversaciones con la muerte... Y otros relatos" (2014), "Escombros de realidad" (2015). Cuentos infantiles: "El Ratón Ramón" (2016), "Little Wolf no tiene hambre" (2016), "BOOKY, el devorador de cuentos" (2016), "Un tren a la Luna"(2016), "La escoba Mágica"(2016) "NIEVE, la cebra sin rayas" (2016), "El pirata trabalenguas" (2016).

Proyectos: el cuento infantil "La mariposa y las flores" (2011); creado para la clase de 2º de Primaria y "Tami no quiere bañarse" (2012) para la clase de 3º primaria del colegio Fontarrón. Ganador del X y XIII concurso Cuentos Infantiles sin Fronteras, Txirula 2012 con el

cuento, "Nieve, la cebra sin rayas", y en 2015 con el cuento "La escoba mágica".

Finalista del concurso "CARPE DIEM 2011" con el poema "Y el mar me dijo…".

Finalista del concurso "TRAGEDIAS POÉTICAS 2016".

ESCOMBROS
DE REALIDAD

Agradecimientos

Gracias a todas esas personas que me apoyan cada día con sus comentarios de ánimo, sus felicitaciones y sobre todo por sus críticas. A mis seguidores en Redes Sociales y en especial a los que me soportan cada día. Las gracias al Dr. Manuel Antonio Mejía por su implicación en este proyecto y a los que comparten conmigo la pasión de escribir por sus innumerables consejos. Gracias a mis amigos fotógrafos, que se pusieron manos a la obra cuando solicité su ayuda.

Gracias a mi buena amiga Eli, a los fotógrafos Alfonso Arca, Ángel Piñeiro y ARTIKA Studio por tan excelente trabajo. A mi gran amigo PahOne por el dibujo, toda una obra de arte. A mis fieles seguidores en América y en general, a todos los que hacen que escribir, siga formando parte esencial de mi vida.

Un gran abrazo a todos y hasta la próxima.

Printed in the USA
CPSIA information can be obtained
at www.ICGtesting.com
LVHW022159060624
782559LV00001B/25